Por que amamos os homens

“O que seria de um mundo sem homens? Todos eles, o pai, o namorado, o marido, o filho, o genro, e até o ex-marido, por que não?”

ANA ARGUELHO

“O livro é opção de viajar sem sair de casa” e “a pessoa tem mais condições de enfrentar a vida”, pois “a leitura potencializa o indivíduo”.

NELSON VIEIRA

“Cada individualidade trava suas próprias batalhas, constrói as suas muralhas e aguarda que o tempo seja ponte para as ilusões”.

ERIKA RANDO ARCTAN

“Nem tudo aquilo que é natural para algumas mulheres é natural para mim. Ou talvez aquilo que seja tão natural para mim não o seja para as outras”.

MARIA CARLOTO NANTES

“A cada um de nós é dado o suficiente para que realizemos nossos sonhos e os ideais que nos norteiam”.
Ler este livro é conhecer esses e outros autores aqui reunidos, que tinham o que dizer e souberam como fazê-lo.

DELASNIEVE DASPET

Por que amamos os homens

Delasnieve Daspet (org)

Ana Arguelho ✡ Ana Lúcia Gaborim ✡ Blanche Torres ✡ Cilene Queiróz ✡ Daniela de Cássia Duarte ✡ Delasnieve Daspet (org.) ✡ Erika Rando ✡ Isabel Fiorese ✡ Jandira Trindade ✡ Janice Linhares ✡ João Linhares ✡ Laura Stephanini ✡ Leonardo Mendes ✡ Ludmilla Braga Moura ✡ Mara Calvis ✡ Marcos Estevão Moura ✡ Maria Caroline Carloto Nantes ✡ Marlei Sigrist ✡ Marta Albuquerque ✡ Max Nantes ✡ Nelson Vieira ✡ Neyla Mendes ✡ Olga de Marco ✡ Patricia de Marco ✡ Priscila de Marco ✡ Therezinha de Alencar Selem ✡ Vanesca Duarte ✡ Vinicius Mendes ✡ Yrama Barbosa

MINOTAURO

POR QUE AMAMOS OS HOMENS
© Almedina, 2023
ORGANIZAÇÃO: Delasnieve Daspet

DIRETOR DA ALMEDINA BRASIL: Rodrigo Mentz
EDITOR: Marco Pace
ASSISTENTES EDITORIAIS: Larissa Nogueira e Rafael Fulanetti
ESTAGIÁRIA DE PRODUÇÃO: Laura Roberti

PROJETO EDITORIAL: Deonísio da Silva
REVISÃO: Daboit Textos e Palestras Ltda.
CONCEPÇÃO GRÁFICA E CAPA: Eduardo Faria/Officio

ISBN: 9788563920164
Fevereiro, 2023

Dados Internacionais de Catalogação na Publicação (CIP)
(Câmara Brasileira do Livro, SP, Brasil)

Por que amamos os homens / Delasnieve Daspet
organização. -- São Paulo : Minotauro, 2023.

Vários autores.
ISBN 978-85-63920-16-4

1. Contos brasileiros - Coletâneas I. Daspet, Delasnieve.

22-138294 CDD-B869.9308

Índices para catálogo sistemático:

1. Contos : Coletâneas : Literatura brasileira
B869.9308

Inajara Pires de Souza - Bibliotecária - CRB PR-001652/O

Este livro segue as regras do novo Acordo Ortográfico da Língua Portuguesa (1990).

EDITORA: Almedina Brasil
Rua José Maria Lisboa, 860, Conj.131 e 132, Jardim Paulista
01423-001 São Paulo | Brasil
www.almedina.com.br

"NEM TODOS SÃO COMO DEUS OS FEZ. ALGUNS SÃO AINDA PIORES".

Este juízo irônico, atribuído a Miguel de Cervantes, pode ser aplicado a personagens deste e de muitos livros que você leu ou dos quais já soube, por qualquer meio, em comentários aludindo a referências solares de textos conhecidos.

Sumário

ANA ARGUELHO

1. Por que amamos os homens

Lendo Jabor e Vinícius, Afonso Romano e Chico Buarque e tantos outros que falam e falaram tão bonito sobre as mulheres, fiquei pensando que as mulheres não falam assim bonito sobre os homens.

E aí experimentei um "tadinhos delezinhos" e resolvi escrever essa crônica, porque nós, mulheres, na legítima e imprescindível tarefa de ocuparmos o nosso lugar no mercado, na rua, no mundo, andamos por demais atarefadas, falando de nós mesmas, das nossas conquistas. Tão ocupadas andamos com a nossa necessária independência, em fazer valer nossos direitos, em ecoar o nosso grito de guerra por respeito, dignidade e honra, em lutar contra a violência de um machismo cruel e devastador, em carregar nossas bandeiras, que às vezes me passa a impressão de que alguns movimentos feministas querem um mundo sem homens.

E me perguntei: que seria de um mundo sem homens? Todos eles, o pai, o namorado, o marido, o filho, o genro, e até o ex-marido, por que não? Todos os que de alguma forma passaram e passam por nossas vidas enchendo-as de graça e de dificuldades. É bom que se deixe claro que não estou falando aqui do machismo agressivo, insuportável e aterrorizante que tem destruído as mulheres com sua variedade sempre muito rica de atrocidades e violência. Este está fora da minha crônica. A ele não dou palavra. Estou falando dos homens que povoaram a vida de muitas mulheres, inclusive a minha, e que sendo machistas, não eram dos horripilantes, mas daqueles que vão minando a paciência da mulher com surtos de folga, de preguiça, de falta de atenção e colaboração. Colocar roupas a bater na máquina, guardar uma louça, fazer um sanduíche, estender uma roupa no varal, a toalha molhada para secar. Depositar estrelas no coração de sua amada.

Essas coisinhas miúdas que se repartidas fariam o mundo menos injusto e cansativo para nós, mulheres. Incluo também aqueles com uma histórica inclinação para botar chifres na cabeça das mulheres. Ao anunciar para a diretora da escola em que eu trabalhava, que iria me separar do marido que me tinha traído, o conselho fora o de não o fazer. O argumento era o de que se todas as mulheres que levam chifre dos maridos se separassem não haveria um só casal no mundo. "Finge que o problema não existe", disse-me com ar maternal. É claro que não ouvi esse conselho cínico, ridículo e covarde. De lá para cá o mundo mudou e passaram a existir relações de toda ordem.

As mulheres já encontraram um jeito digno de lidar com isso. E penso que o poliamor e tantas outras invenções sejam para esta geração. A minha era monogâmica. Além do que, nunca me dispus a aceitar os pequenos ônus do dia a dia que o casamento imputa às mulheres, como lavar a louça enquanto o outro gênero se refestela no sofá assistindo ao futebol. No meu tempo os homens eram desse naipe. Um baralho que eu não quis jogar. Embora ainda pense que os homens enfeitam o nosso mundo e que podemos amá-los. Basta que nos deem motivo. É claro que é bem difícil encontrar um bom motivo para fazer a apologia do amor aos homens, sempre tão cerebrais, escondendo os sentimentos, as lágrimas, as emoções. E muitas vezes tão perigosos nas suas fraquezas. E desde os primórdios da humanidade, cometendo algumas sandices que ficaram registradas nos anais da história. De Adão e a maçã, ao Sansão e os cabelos decepados. Queridos ingênuos!

Aos oito, odiando as mulheres, correndo das meninas, xingando-as, maltratando-as no "chega pra lá", com medo de serem abordados e ficarem com cara de pateta sem saber o que fazer. Aos doze, cheios de espinhas, cultivando algum amor platônico por alguma garotinha de pernocas de fora e se masturbando motivados por alguma *Playboy* que o pai, por descuido ou intencionalmente, deixou-lhes cair nas mãos. Aos vinte, apaixonados doentiamente e com desejo de casar e ter família. Dos trinta aos cinquenta, casando e descasando, casando e descasando, casando e descasando... com muita dificuldade de entender a complexidade das mulheres. Dos cinquenta aos setenta, os ridículos garanhões das madrugadas. Dos setenta aos oitenta, tomando Viagra e correndo atrás das menininhas de vinte. De novo, "tadinhos" deles.

Vejam que fiz um esforço grande para trazer à tona suas qualidades, mas afinal, eles as escondem tão bem, que fica difícil falar delas. O amor me leva a perguntar: que fazer por eles, como ajudá-los a sair dessa enrascada? Como quebrar-lhes as barreiras emocionais que impedem o diálogo aberto? Como quebrar-lhes o medo de se sentirem expostos e sem chão diante das verdades sobre as mulheres? Tenho compaixão pelos homens. Hoje aumenta o número dos que pagam um preço alto pela prisão em que vivem, amordaçados pelo próprio machismo que os impede de serem livres e sensíveis. E acabam por transformar a mulher em objeto de uma relação doentia e cheia de dor. Da qual muitas vezes elas saem agredidas violentamente. Ou mortas. Tudo triste, dolorido, trágico. Sinal da tradição milenar de um patriarcalismo que foi inculcado nos homens desde antigas civilizações.

Agravada nos tempos atuais por uma longa e difícil transição em que as mulheres já estão muito próximas de aprenderem a ser a nova mulher e os homens não conseguiram ainda se livrar do papel do macho para desenvolver o papel do novo homem. Doces e enigmáticos homens. Enchem o meu coração de ternura. Será por que gerei um homem? Ou porque realmente, eles andam a precisar tanto da nossa ternura, embora muitos nem sequer saibam disso? Ou sabendo, escondem a precisão a sete chaves? A história, espero, os salvará.

2. Pequena crônica sobre o pão

Xícara na mão, abro a janela e contemplo a manhã que desdobra preguiçosa seu manto sonolento e acinzentado pelo inverno úmido. E se vai espalhando pelos telhados das casas e prédios e pelos já muitos carros que cruzam a Rui Barbosa. Espero o pãozinho que esquenta no forno, enquanto, para o meu deleite, a manteiga derrete. Há coisa melhor do que uma xícara de café com leite fumegante, acompanhada por um pãozinho francês para começar o dia? Enquanto espero, penso.

A história do pão remete à Mesopotâmia de seis mil anos atrás, estendendo para a Grécia e outras regiões. Que iguaria é essa que atravessou a história da humanidade? Diversas passagens da *Ilíada* atestam que o pão foi repartido entre os gregos nos banquetes sofisticados que a nobreza homérica degustava entre batalhas, sonhos e anseios de vitória? Difícil pensar em um daqueles guerreiros com um francesinho na mão. Qual seria o sabor do pão dos gregos?

Na Roma eterna esse alimento serviu de instrumento de manipulação dos políticos romanos, mencionada numa sátira do poeta Juvenal e nas *Vidas Paralelas – Coriolano*, de Plutarco, passando à história como a política do Pão e Circo, forma acreditada como eficaz para manter o povo satisfeito com os alimentos que a classe imperialista entendia como adequada para mantê-lo na ignorância e sob seu jugo. Por outro lado, o pão se sacraliza, pelas mãos do Cristo, tornando-se o corpo de Deus. É aí que o mito da repartição dos pães se realiza como milagre para mitigar a fome dos desvalidos do Império.

Na Idade Média, a tríade pão-vinho-azeite, espécies consagradas da liturgia cristã, em contraste com a cultura da carne, própria dos germanos, representava um dos esteios do desenvolvimento civilizatório. Todavia, o pão trazia a marca da desigualdade social. Segundo o historiador Jacques Le Goff, os nobres e os abastados citadinos comiam pão branco de trigo, enquanto os camponeses consumiam "painço, feijões e castanhas" em lugar do pão. Nos períodos de escassez a fome esteve muito associada ao pão, como alimento base. Todo o resto era *companatico*, isto é, "aquilo que se come com seu pão". Talvez por isso, a mais popular e conhecida oração dos cristãos, comece com "o pão nosso de cada dia nos dai hoje".

Ao longo do tempo, sua produção, formas e condições de consumo foram se alterando até chegar às que se têm nos dias de hoje. Na França de Luiz XVI, foi o brioche o desencadeador da Revolução Francesa, que clamava por igualdade, esperando-se que fosse instaurada, finalmente, a democracia do pão. De lá pra cá, o pão tem sido produzido em quase todas as sociedades, com formas, sabores e texturas diferentes. É o alimento mais popular no mundo. Pena que haja, ainda, tanta coisa mais democrática do que o pão. Quando o pão for repartido entre toda a humanidade, de forma igualitária, quando a cada ser humano couber uma porção sustentável de pão, aí se poderá falar em democracia.

Aqui encerro esta crônica e, com um misto de prazer e tristeza pela humanidade, vou à cozinha degustar meu pãozinho.

ANA ARGUELHO, *nome literário de Ana Aparecida Arguelho de Souza, é professora pesquisadora aposentada da Universidade Estadual de Mato Grosso do Sul. É graduada em Letras pelas Faculdades Unidas Católicas de Mato Grosso do Sul e tem Doutorado em Letras (Literatura) pela UNESP/ASSIS/SP. É titular da cadeira 36 da Academia Feminina de Letras e Artes de MS (AFLAMS). Publicou três livros sobre Literatura Antiga, Moderna e Infantil, e diversos artigos em revistas com indexadores nacionais e internacionais; e capítulos de livros.*

ANA LÚCIA GABORIM

1. Cenas da parentalidade contemporânea

Cena 1 – No consultório médico

A mãe entra com a criança na sala de espera cheia. Olha para a secretária com um meio sorriso, responde a algumas perguntas básicas para preencher o cadastro e ouve, com certo sarcasmo: "é só aguardar".

Ainda bem que o celular estava na bolsa, com a bateria bem carregada. Ela abre uma de suas redes sociais e fica aliviada, pois aquilo lhe ocupará o tempo de espera. Mas antes de se passar o primeiro minuto, a criança solta: "vai demorar?". A mãe responde: "não sei!". Passa-se mais um minuto: "mãe, tô com fome". A mãe então tira o pacote de bolachas recheadas da bolsa, abre-o e passa para a criança. Em seguida, volta para a sua rede social. A menina come meia bolacha e percebe uma pilha de revistas na mesa de centro. Então ela pega uma revista e deixa cair as outras, que se espalham pela sala. "O que você fez?", grita a mãe enfurecida pelo vexame que a filha a fez passar. A criança chora, a mãe começa a recolher e manda a filha ficar quieta. O doutor surge na porta, mas chama o nome de outra criança, que estava fazendo a tarefa escolar com a ajuda do pai. "Mamãe, quando o doutor vai me chamar?", ao que a mãe responde: "ah, eu não sei", e volta para o celular.

"Mãe, tô com sede". A mãe avista o bebedouro, levanta-se, pega a água e dá o copo na mão da criança. No caminho entre o bebedouro e a cadeira, a criança tropeça no tapete e derruba toda a água. "Não acredito!", diz a mãe novamente enfurecida. A criança chora e a secretária intervém: "tudo bem, eu vou enxugar".

O doutor então chama outro menino, que estava ao lado da mãe lendo uma história em quadrinhos – e ambos pareciam estar se divertindo muito. A mãe novamente retorna para a sua rede social, mas logo é interrompida: "mãe, o doutor não vai me chamar? Ele é bravo? O papai vai vir buscar a gente? Mãe...." Mas nenhuma das perguntas é respondida, e a menina insiste, falando cada vez mais alto: "mãe, tá demorando... a gente vai na casa da vovó hoje? Amanhã eu vou pra escola? Quando a gente vai ter um cachorro? Mãe... mãe!..."

Toda a atenção da sala de espera se volta para a menina. A mãe, a ponto de ter um ataque, respira fundo. E entrega o celular na mão da menina. "Tá bom, pode ver o seu desenho no *YouTube*".

A menina, toda feliz, se acomoda no sofá e olha atentamente para a telinha do celular. Sossega, nem pisca. A mãe começa a procurar o que fazer. Come o resto do pacote de bolachas. Folheia rapidamente as revistas, que são antigas e só falam sobre saúde. A TV do consultório está no noticiário, que ela detesta. Começa a roer as unhas, vai tomar água e na volta, pergunta para a secretária: "vai demorar?"

Cena 2 – Na escola

A diretora da escola chega em sua sala e liga imediatamente o computador, já preocupada com o preenchimento de documentos para a Secretaria de Educação. De repente, entra na sala um pai muito nervoso, quase derrubando a porta: "a ***** ** **** da professora de português xingou o meu filho ontem! Eu exijo uma retratação!"

A diretora, conhecendo bem a professora de português que já trabalha há anos na escola, pede para o pai se acalmar. "Se essa situação não se resolver, vou processar essa ***** de escola", grita o pai furioso.

"Aguarde aqui, por favor. Vou verificar". Então a diretora se dirige até a sala da 4ª série B, bate na porta, pede licença para interromper a aula de matemática. E ela pergunta aos alunos: "eu gostaria de esclarecer uma situação... a professora Dora disse alguma coisa para o Júnior, na última aula de português?" Então Alice levanta a mão e começa a descrever a cena: "o Júnior tava sentado de qualquer jeito na carteira. Tava quase deitado. A professora olhou pra ele e disse: olha como esse indivíduo está sentado!"

A diretora, então, pergunta para a classe: "alguém sabe o que quer dizer a palavra indivíduo? Você sabe, Júnior?". Ninguém se arrisca. A diretora pede, então, para que alguém faça o favor de pegar um dicionário e lê lentamente o significado da palavra: "substantivo masculino. Ser que faz parte da espécie humana; humano, pessoa, homem, mulher. Indivíduo é o quê, então?". Surgem imediatamente as respostas dos alunos: "uma pessoa!" "Um ser humano". A diretora agradece e olha fixamente para Júnior, que se encolhe na carteira.

Ainda no corredor, voltando para sua sala, a diretora ouve a voz de Alice: "Diretora!". Ela se vira e aguarda a aluna chegar até ela, correndo. "Desculpa, eu esqueci de contar: depois que a professora falou com o Júnior, ele disse pra ela uma coisa muito feia: vai tomar..." A menina nem termina a frase, e se cora de vergonha. A diretora sorri. "Muito obrigada".

Cena 3 – No laboratório

"Mãe, o que a gente veio fazer aqui?", indaga o menino. O pai nem saiu do carro no estacionamento – "não posso ver sangue!" – e a mãe foi puxando o menino até a entrada do laboratório. "Você precisa fazer um exame de sangue", ela diz rapidamente. Pega uma senha, entrega os documentos à atendente e senta-se na sala de espera. "Que é exame de sangue, mãe?" Ao que ela responde: "é só uma picadinha, não vai doer." Seu telefone celular começa a tocar e ela se embrenha em uma longa conversa, enquanto o menino, ansioso, tenta se distrair com seu carrinho. E então surge o enfermeiro, chamando o nome do menino com uma voz firme. "É a sua vez", diz a mãe.

Eles seguem para o frio local da coleta, e o menino fica apavorado. O enfermeiro pede para a mãe segurar-lhe firmemente o braço. "Mãe, o que vai acontecer?" Ao que ela novamente responde: "fica calmo, que não vai doer". O enfermeiro amarra um elástico de borracha, o menino reclama: "tá doendo!" A mãe segura o menino com mais firmeza e adverte: "não se mexe!". Mas o choro irrompe na pequena sala de coleta, e entre soluços e esperneios, a agulha entra no bracinho fino do menino. Ele sente a picada, e chora ainda com mais força, porque espera que a dor fique ainda mais intensa. "Já acabou", diz o enfermeiro, após alguns segundos. E o menino se surpreende: "já?". Enquanto ele limpa os resquícios de seu choro no casaco, o enfermeiro se contém pra não dizer umas poucas e boas para aquela mãe, porque não pode comprometer seu trabalho.

No carro da família, o pai – dormindo no banco reclinado – se surpreende quando mãe e filho retornam: "nossa, porque você está assim tão descabelada?". O olhar fulminante da mãe deixa claro que ela nem vai lhe responder.

Alguns dias depois, a irmã mais nova do menino começa a sentir os mesmos sintomas que ele. O médico lhe pede um exame de sangue. "A mamãe diz que não vai doer. Mas vai doer, sim, só um pouquinho, tá? É rapidinho", explica naturalmente o menino.

Cena 4 – No teatro (concerto)

No caminho de casa até o teatro, o pai reclama: "vamos chegar atrasados!". Mas a mãe, tranquilamente se maquiando pelo espelho do passageiro, responde: "não se preocupe, os concertos sempre atrasam". No banco de trás, a criança pequena que tirou um cochilo até a hora da saída de casa pensa que os pais estão indo para alguma festa, mas quando ouve a palavra "concerto", que lhe soa como "conserto", as coisas parecem não fazer muito sentido. Conserto de sapato? Conserto do brinquedo que quebrou? Ela nem se atreve a perguntar, porque os pais estão estressados, ansiosos para chegar logo.

É a primeira vez daquela criança em um teatro. No colo do pai, a criança se encolhe quando entra naquele lugar enorme, escuro e cheio de cadeiras diante de um palco iluminado. Há muitas pessoas sentadas na plateia, e no palco, o grupo de músicos já está afinando seus instrumentos.

Os pais, então, escolhem o lugar mais próximo possível do palco, que é bem no meio da fileira. Pedem licença, e, se espremendo para passar entre os que já estão acomodados, chegam aos três únicos lugares livres. Mas nem bem se sentaram nas cadeiras, a criança já se manifesta: "mãe, quero água". As pessoas à sua volta a fitam com ar de repreensão. O pai logo contesta: "Psiu! Já vai começar!"

O regente entra no palco e a plateia aplaude. A criança não entende o que está acontecendo, mas começa a bater palmas também. O regente se posiciona à frente da orquestra, preparando-se para iniciar a performance musical. E a criança bate palmas, porque não sabe que há o momento certo para isso. Novamente ela é advertida com um "sh...", não só do pai, mas de outras pessoas ao lado. Ela fica confusa e pergunta, em alta voz: "não pode mais bater palmas?"

A frase da criança engraça a plateia ao seu redor, que reage com risos contidos, e não há como ignorá-la. Então o regente se volta para o público, toma o microfone, e simpaticamente explica: "agradecemos a presença de todos neste concerto. Mas gostaria de lembrar-lhes que, assim como os sons da orquestra chegam até vocês, os sons de vocês chegam até nós... e como precisamos de concentração para apresentarmos o nosso melhor, pedimos absoluto silêncio."

A criança entende que é preciso ficar quietinha. Ela se encolhe na cadeira e aguarda, ansiosa, o que vai acontecer. A música então se inicia e aquele novo universo de sons encanta a criança; ela nunca tinha visto ou ouvido nada parecido. Por algum tempo, ela observa atentamente os músicos em cada instrumento, ouve o som produzido por cada um deles. Para ela, aquilo parece mágica; o regente até usa uma "varinha"... e por alguns momentos, seus sentidos ficam completamente envolvidos pela música.

Contudo, o nível de concentração daquela criança é coerente com sua pouca idade, e logo suas necessidades básicas se manifestam: "Mãe, quero fazer xixi!", diz a criança, baixinho, mas tirando a concentração das pessoas à sua frente – que automaticamente se viram para trás com olhar de repreensão. A mãe, sussurrando, pede-lhe que espere o término da música. Mas a criança, impaciente, começa a se remexer na cadeira, que range escandalosamente. Ouvem-se então alguns suspiros de indignação, vindos da fileira de trás.

Com os últimos acordes e o gesto de corte do regente, a plateia ovaciona a orquestra. A mãe, então, vai pedindo licença e passando apertado pelas outras pessoas da fileira, que não demonstram simpatia. Ela pensa: "as pessoas têm que ter mais paciência... ela é só uma criança".

No banheiro, a criança enche a mãe de perguntas: "por que fica tudo escuro? Por que não pode sair? Por que eles estão vestidos de preto?"... E a mãe, sem muita paciência, diz genericamente: "depois a mamãe explica."

O concerto é retomado. A mãe conduz a criança de volta para o seu lugar, mas logo outra necessidade surge: "Mãe, tô com fome!". A mãe, quase incrédula, passa a responsabilidade para o pai: "agora é sua vez!".

O pai pede, por favor, que a criança espere um pouquinho. Tenta uma negociação: "se você ficar quietinha, a gente pode ir comer batatas fritas depois do concerto". Mas ela insiste: "tô com muita fome agora! E com sede".

O pai aproveita o pequeno intervalo entre as peças do programa para ir com a criança até a lanchonete do teatro. E ela se satisfaz com um salgadinho e um suquinho. Na sequência, eles retornam para o ambiente do concerto, e então se manifesta a última necessidade básica da criança: ela está cansada. Acomodada no colo do pai, ela aos poucos vai relaxando. O público aplaude a penúltima peça. "Psiu!", faz a criança, meio tonta de tanto sono. E se cala, finalmente.

Cena 5 – No supermercado

A menina para em frente à boneca que está na prateleira e imediatamente o grito se irrompe: "Mãe, eu queeeeeeero!". A mãe, constrangida, responde baixinho: "ah, você já tem um monte de brinquedos! Não precisa disso!". E a resposta vem imediatamente, ainda mais alta: "Mas eu queeeeeeeeero!"

"Não tenho dinheiro", diz a mãe. "Mas você tem cartão", responde a menina, com cara de quem sabe tudo.

"Isso é muito caro", argumenta a mãe. "Mas você fala pro papai que quando a coisa é boa, vale a pena pagar o preço..." – insiste a menina, com ares de quem tem muita certeza do que fala.

"Depois a gente compra", fala a mãe, já sem paciência, ao que a menina responde: "depois, quando?"... ela sabe que esse "depois" não existe. "Outro dia!", responde a mãe, já tomando outra direção e esperando que a menina venha atrás dela.

"Eu queeeeeeeeero", berra a menina, imóvel diante da boneca, já chamando a atenção de todos os que passavam por ali. Como a argumentação em tom natural não estava funcionando, a mãe começa a usar frases mais ríspidas e com mais energia na voz: "Para com isso, agora!". Mas a menina já estava esperneando no chão. A mãe desesperada puxa a menina por um braço, manda parar com o choro. Passa por eles um outro carrinho: a criança sentada, brincando com um saco de plástico que virou um balão, quando seu pai passou pela parte de hortifruti do supermercado. A mãe desesperada percebe que o pai cochicha algo para o menino, que fica olhando timidamente. Mas eles logo saem da cena. Outra família ia passar ali pelo corredor, mas o pai que estava cantando alegremente com seus filhos, segurando-os pela mão, acha melhor que eles nem vejam aquela cena deprimente.

De repente, aquela voz padronizada de supermercados (e de lojas de departamentos) surge do alto-falante: "segurança, corredor três! Segurança, corredor três!" E a mãe imediatamente adverte à menina: "o segurança vai vir te pegar! Para de chorar!". E a criança berra ainda mais intensamente, porque tem medo do segurança, ou de qualquer policial – a mãe sempre diz que eles "vêm pegar" criança teimosa e birrenta.

Já no limite do estresse, a mãe finalmente solta a esperada expressão: "Tá bom, vamos levar".

O choro cessa instantaneamente. A menina agarra a caixa, que é quase do seu tamanho, e já toma a direção do caixa. Ela sabe que a mãe nem vai continuar com as compras. E o diálogo entre as duas acaba ali.

Mãe e filha saem do supermercado. No caminho até o carro, a mãe encontra uma loja de sapatos. Ela já tem um armário cheio deles, mas não resiste àquele par que está na vitrine... Pega um par de sapatos, experimenta, sente-se como uma diva sobre aquele salto. "Vou levar", diz ela, sem avaliar o preço. Paga com o cartão. E sua filha assiste, com a boneca nos braços.

ANA LÚCIA GABORIM *é poeta, cronista, Doutora em Artes e Música pela USP e Mestre em Música e Bacharela em Composição e Regência pela UNESP. É também Especialista em Psicologia e Desenvolvimento Infantil e professora do curso de Música da UFMS, e do Mestrado PROF-ARTES (UDESC/UFMS) e da Especialização em Regência da UFBA. É regente e coordenadora dos projetos "CanteMus – laboratório da voz" e "PCIU – Projeto coral infantojuvenil, que integrou a produção do CD "Crianceiras 2". Integra a diretoria da ABRACO – Associação Brasileira de Regentes de Coros, representante regional da ABEM – Associação Brasileira de Regentes de Coros – e, é membro da AFLAMS.*

BLANCHE TORRES

1. O último desejo

Hoje, não sei porque, me deu uma vontade danada de ficar em casa, sem fazer nada. Li um pouco, cansei de ler e resolvi passear pelos canais de TV a cabo. Aproveitei que meu filho, por acaso, não estava assistindo desenhos. Eram 10 horas. O título de um filme me chamou a atenção: "O último dia do resto de nossas vidas". Era a história de um grupo de pessoas que estão com doenças fatais, estão com pouco tempo de vida e participam de um grupo de apoio para se ajudarem mutuamente a enfrentar a angústia de saberem que vão partir em breve desta vida. Como este foi o tema da minha crônica passada, resolvi assistir ao filme e em plena manhã, me peguei em lágrimas na frente da TV.

O grupo de pessoas reunidas era estimulado a contar uns para os outros o que eles queriam ter feito na vida, o que não fizeram e o que eles precisavam resolver com as pessoas antes de partir. Uma velhinha com enfisema pulmonar, que já estava respirando com ajuda de aparelho de oxigênio, queria ter aprendido a dançar tango. Uma cabeleireira, que estava gravemente doente dos rins e do fígado, se arrependia de não ter participado de sua festa de formatura. Um senhor que teve uma intoxicação de amianto e tinha no máximo mais um ano de vida, se queixava que sua filha adolescente o ignorava e que ele não conseguia dizer a ela o quanto a amava. Um jovem escritor, que tinha coágulos no cérebro, nunca pôde cursar uma universidade.

E finalmente uma mãe, com um tumor no cérebro, se arrependia de ter dado sua filha para adoção 11 anos atrás. E seu desejo era apenas vê-la, antes de morrer.

Os coordenadores do grupo de apoio cuidaram de tentar realizar um a um dos desejos das pessoas que ali estavam para que elas pudessem partir felizes. Cada um do grupo tentou realizar o desejo do outro.

O senhor com intoxicação ensinou a velhinha a dançar tango. A mãe que havia dado sua filha para adoção confeccionou uma coroa de rainha do baile de formatura para a cabeleireira. O escritor buscou na internet e descobriu o paradeiro da filha que havia sido abandonada. A cabeleireira conversou longamente com o senhor com intoxicação e o fez falar com a filha adolescente e dizer o quanto a amava. Um a um foram se ajudando e realizaram um grande baile, onde se reuniram ao som de uma banda chamada Escada para o Céu. A velhinha pôde então dançar tango. A cabeleireira foi coroada rainha do baile. O senhor intoxicado dançou com sua filha uma canção que sempre cantava para ela quando era criança. A mãe com tumor no cérebro pôde conhecer a filha que havia sido abandonada e saber que ela estava bem e era feliz ao lado de sua mãe adotiva. O escritor foi o único que não pôde realizar seu sonho de cursar uma faculdade, mas diante de tantas cenas emocionantes, ele registrava tudo em seu computador durante a festa.

A velhinha morreu, logo depois de haver dançado o tango. Sorrindo. Quanto aos outros, todos ficaram felizes por realizarem coisas importantes para eles e para os demais do grupo.

Fiquei muito emocionada após assistir ao filme. Se todos nós participássemos de um grupo como esse, mesmo sem termos uma doença fatal, seríamos muito felizes, porque todos os dias iríamos realizar o que realmente importa para nossa vida, além de ajudarmos os outros nesta tarefa. Pena que, às vezes, é preciso descobrirmos uma doença fatal e nosso pouco tempo de vida para resolvermos fazer o que realmente importa. E você, já sabe o que realmente gostaria de fazer antes de partir? Sabe qual é o seu último desejo?

Acho que seria bom fazer uma lista para não deixarmos tudo para a última hora.

2. O que se leva desta vida

Você já pensou que daqui a meia-hora, talvez quando você terminar de ler esta crônica, você pode não estar mais vivo?

A morte tem esta característica; é inesperada! Talvez amanhã você não consiga mais ver o pôr do sol, ou tomar o seu café com a sua família, ou talvez jogar aquele baralhinho com os amigos e tomar aquela cerveja no final de semana. A vida é assim vulnerável, instável e te dá uma única absoluta certeza que é o seu fim. Sempre de surpresa.

Diz o ditado popular que a única coisa que se leva desta vida é a vida que se leva. Você está contente com a vida que está levando? Ou é do tipo que adia planos, desiste de fazer hoje para deixar para amanhã, espera sempre que um dia você comece aquele projeto, deixa para a semana que vem encontrar aquela pessoa, abraça o seu filho só quando ele faz aniversário e olhe lá, nunca se reúne com as pessoas que você ama e nunca diz para elas o quanto você as ama?

Se você é deste tipo, é bom começar a pensar que hoje é sua última chance, seu último dia, sua última hora. Amanhã uma carreta laranja pode atravessar na frente do seu carro ou atropelar você. Talvez uma bala perdida ou mesmo um simples tombo. Só podemos ter certeza de confiar no agora e agradecer cada nova chance de estar aqui na Terra.

Conta a lenda que certa mulher pobre, com uma criança no colo, passou diante de uma caverna e escutou uma voz misteriosa que lá de dentro lhe dizia:

— Entre e apanhe tudo que você desejar, mas não se esqueça do principal. Lembre-se, porém, de uma coisa: depois que você sair, a porta se fechará para sempre. Portanto, aproveite a oportunidade, mas não se esqueça do principal...

A mulher entrou na caverna e encontrou muitas riquezas. Fascinada pelo ouro e pelas joias, colocou a criança no chão e começou a juntar, ansiosamente, tudo o que podia no seu avental.

A voz misteriosa falou novamente:

— Você só tem oito minutos...

Esgotado os oito minutos, a mulher, carregada de ouro e pedras preciosas, correu para fora da caverna e a porta se fechou... Lembrou-se, então, de que a criança lá ficara e a porta estava fechada para sempre!

A riqueza durou pouco e o desespero, sempre.

O mesmo acontece, por vezes, conosco. Temos cerca de oitenta anos para viver neste mundo, e uma voz sempre nos adverte: “Não se esqueça do principal!” E o principal são os valores espirituais, a vida, as amizades, o amor! Mas a ganância, a riqueza, os prazeres materiais nos fascinam tanto que o principal vai ficando sempre de lado. Assim, esgotamos o nosso tempo aqui e deixamos de lado o essencial: “os tesouros da alma!”

Que jamais nos esqueçamos de que a vida, neste mundo, é breve e que a morte chega inesperadamente. E que, quando a porta desta vida se fechar para nós, de nada valerão as lamentações.

Não nos esqueçamos, pois, do principal.

BLANCHE MARIA TORRES *é poeta, cronista, jornalista curiosa, artista iconoclasta, arte-educadora especialista em teatro, cinema e dança. Ama animais e jardins. É professora de ioga e meditação e eterna estudante da ciência da vida.*

CILENE QUEIROZ

1. Morto ou vivo? Vivo ou morto?

Hoje, no momento em que passei em frente à Casa de velório, lembrei-me de algo que aconteceu cerca de 15 – 20 anos atrás. Naquela época, tinha muitos amigos em Três Lagoas. Mudei-me para São Paulo e raramente os vejo. Todavia, aconteceu um fato inusitado – o pai de um amigo morreu, reviveu e por isso fui ao velório dele duas vezes, porque tal qual o Quincas de Jorge Amado, esse também faleceu duas vezes.

A turma da escola era grande. As conversas fluíam em torno de todos os assuntos, dos mais variados. Sempre que se falava sobre morte, eu dava um jeito de escapulir. Embora tivesse medo de verdade, os amigos nunca saberiam, até quando um fato aconteceu: o pai do Romualdo morreu. Fiquei parado. Tremendo de medo.

O velório iria ser na casa do amigo. Junto do defunto estava a família, os parentes, os amigos e os conhecidos. Fiquei sentado no banco, longe do defunto. Resolvi ficar perto de Romualdo, depois que os amigos foram também. Fui de cabeça baixa, sem olhar para o defunto. Talvez por esquecimento da minha parte, olhei para o defunto. Tremi de medo. Ele estava coberto de flores, com algodão no nariz, de terno – para que terno se já morreu –, as mãos cruzadas, sapato novo – tem defunto que fica descalço –, o morto estava bem arrumado, estava chique. Quando, então, o morto abriu os olhos, bem arregalados e depois fechou. E eu gritei:

— Ele está vivo! Ele está vivo! Ele abriu os olhos! Vejam!

O meu grito ecoou na sala da casa.

José me deu um cutucão e disse que parasse de gritar, que ficasse quieto.

— Eu vi, quando ele abriu os olhos. Dona Alda, Romualdo eu vi, pessoal. Ele está vivo.

Depois disso, saí lá para fora da casa, porque ninguém acreditava em mim. Sentei no banco e veio um colega:

— Não precisava gritar perto do defunto, perto da família falando essas bobagens.

— Eu o vi abrindo os olhos e fechando. Eu vi.

— Como quer que acredite em você? O homem morreu! Morreu!

E saiu de perto de mim, com raiva por ver a minha teimosia. Fiquei sem saber o que fazer, com todas as pessoas presentes no velório dizendo que não viram o defunto abrir e fechar os olhos numa fração de segundo. Fui para dentro da casa, sem conversar com ninguém. O olhar dos amigos dizia "fique quieto", "calado", "chega", e eu entendi o que eles queriam dizer com o olhar. Passou cerca de uma hora, o defunto mexe no caixão, mexe as mãos, os pés, abre os olhos e pergunta:

— Alda, Romualdo, o que estou fazendo aqui?

Não dá para dizer quem ficou na sala perto do caixão, não dá dizer o pavor que tomou conta das pessoas. Só sei que todos correram para fora da casa.

Passado o desespero, tivemos que voltar para a casa, porque o "morto ou vivo" estava lá, sozinho. Quando chegamos ele tentava descer do caixão, tirando os algodões do seu nariz, ouvido, boca, puxava a roupa, as flores em profusão que pareciam sufocá-lo.

Romualdo acudiu para ajudar o pai. Dona Alda estava quieta como se não acreditasse. As outras filhas abraçavam o pai. Os parentes, amigos, conhecidos logo foram embora, ao verem que o "vivo ou morto". Alguém chamou o médico, que ficou a examinar o Vivo. Disse que ele estava bem.

— A catalepsia é uma condição transitória na qual o paciente apresenta uma incapacidade na movimentação dos membros, na cabeça ou até na fala. Em alguns casos, podem ser confundidos com a morte, pois a respiração também é afetada.

O médico fez algumas orientações para o Vivo e foi embora. Não tinha o que fazer. Eu também fui embora, pois meu amigo não precisava mais de mim. De madrugada, José batia, batia freneticamente na porta. Todos foram à porta para ver o que tinha acontecido: o homem morreu.

Fui para a casa do Romualdo, novamente, velar o corpo do defunto. Dessa vez, não tive medo - não sei como não tive medo, acho que me acostumei com essa história de morto ou vivo.

Foi verídica, aconteceu comigo, meus amigos e a família do morto ou vivo. Nunca mais esqueço desse fato; embora as pessoas achassem que era mentira, mas eu insistia até que ficavam quietos, como se dissessem "mentiroso", "acha que acreditamos", "deixa ele cansar de mentir". Realmente, a história parece ser surreal, mas não é. É verdadeira.

E conforme a modernidade dos tempos atuais, vamos acreditar na ciência, pois o contrário é negacionismo. E isso não é politicamente correto.

Catalepsia - eu, hein?

2. Viajante

Entrei no trem "Train a Grand Vitesse" e sentei-me na poltrona 1. Ao sentar-me lembrei aquela garota da qual não entendia suas reais intenções. Ela aparentava 16, 17 anos, eu tinha 30. Viajava de trem na primeira poltrona do Rio de Janeiro para São Paulo. Ela fazia o mesmo trajeto. Eu sempre repetia esse itinerário quando visitava meus pais em Santos.

O trem com a sua batida – toc, toc, toc – dava uma letargia, uma preguiça que me embalava durante a viagem. A garota ao meu lado não era bonita, nem feia, mas tinha algo nela que a fazia atraente. Notei que ela estava impaciente; levantava e ia ao banheiro, acendeu o cigarro – odeio cigarro – e perguntou:

— Você fuma?

Meneei a cabeça, dizendo que não. Como minha poltrona era ao lado da janela, virei a cabeça para o outro lado, dando a entender que não queria conversa.

Não vai ser fácil aguentar uma menina tagarelando. Era muito nova para uma discussão, portanto o melhor era ficar quieto, fechar os olhos mostrando a ela que queria dormir. De repente, notei que a perna dela estava encostada na minha. Talvez fosse o acaso, ela era descuidada, sentava mais na minha poltrona do que na dela; fiz um pequeno movimento, mudando minha perna mais para o lado do trem, sem cruzar as pernas. Mas, ela continuou, encostou todo o seu corpo no meu. Eu virei a cabeça para dizer que ela estava me importunando, mas estava de olhos fechados, como se estivesse dormindo. Virei a cabeça para o outro lado, fechei os olhos e tentei dormir. O que é isso? Ela colocou a mão em cima do meu pênis, como se quisesse pegar mesmo. Virei a cabeça rapidamente para ela, mas estava com olhos fechados fingindo dormir. Eu fiquei sem ação, pois parecia que ela dormia profundamente. Tirei sua mão devagarinho de cima do meu pênis e coloquei em cima da sua perna. Dessa vez ela virou seu corpo com a bunda para o meu lado, de olhos fechados, como se estivesse dormindo. Sua bunda pressionava meu corpo. Era uma menina precoce, tinha noção do que fazia. Levantei - com dificuldade, pois as pernas dela obstruíam o local - e fui até o banheiro. Precisava jogar água no rosto. Pensei:

O que estou fazendo? É só uma menina.

Bateram na porta do banheiro, denotando a minha demora. Destranquei a porta e dei de cara com a menina que sorria, passando a língua nos lábios, provocativamente e falou:

— Quero ocupar o banheiro.

Afastei e fui para a minha poltrona e ela entrou no banheiro. Ela fingia estar dormindo e logo veio atrás de mim. Será que estou enxergando "coisas" onde não devo? Será que minha mente fantasiava? Será que devaneio quando viajo? Será que estou lendo Freud, Dostoievski, Shakespeare em demasia? Ou é ela que está me provocando mesmo? É precoce, sabe mais do que as outras garotas da sua idade e, ela sabe disso, justamente, por saber do poder que tem sobre os homens, brinca com eles, sem saber o perigo que corre. Mocinha, você corre um grande risco ao brincar com os homens, pois uma hora pega alguém que não quer somente brincar, que quer algo mais. E daí, o que vai fazer, como deve proceder? Eu não posso fazer nada, exatamente nada, nem conversar com ela sobre o perigo que corre, pois ela não dá chance para isso. Ela vai voltar do banheiro e vou que ser taxativo com ela, mostrando que está sendo inconveniente esfregando-se em mim. Passou um tempo, dois e nada de a garota vir do banheiro. Resolvi virar a cabeça e olhar na direção do banheiro. Não dava para acreditar, mas era o que eu via. A garota estava de papo com um rapaz na porta do banheiro e, em seguida, os dois sentaram juntos e ficaram conversando.

A viagem, depois do fato, transcorreu tranquila. Cheguei a dormir e só acordei quando finalmente escutei o barulho costumeiro do trem que chegava – toc, toc, toc –. Levantei e peguei, acima da minha cabeça, as malas. Como estava na 1ª poltrona, fui encaminhando para a saída e, nesse ínterim, a garota veio lá do fundo para pegar a sua bagagem e disse:

— Até mais, gato.

E fez um gesto com as mãos imitando um gato. Eu fiquei sem ação. Ela foi embora. Com certeza, nunca mais a verei. Durante o percurso para Santos, pensei na garota. A sua figura se interpôs entre mim e ela. Foi preciso que eu tomasse uma posição para que nada de mais grave acontecesse entre nós. Nunca mais viajei de trem na poltrona 1. O que será que foi feito da garota abusada daquela viagem?

CILENE QUEIROZ *é romancista, cronista, bióloga, com mestrado em Agronomia, na UNESP, pintora e palestrante. Faz parte da AFLAMS (ACADEMIA FEMININA DE LETRAS E ARTES DO MATO GROSSO DO SUL). Faz parte da APALA VIRTUAL e da UBE. Escreveu os livros: "Lembranças", "Filhos do destino", "Transformar para evoluir", "Sala das flores", ebook, "Diga não às drogas".*

1. Eu entendo a sua dor!

Não sei no que você acredita!

Talvez essas palavras não aliviarão sua dor! Pode achar que ninguém se importa com você. Na verdade, você não sabe se você está errada ou se o mundo inteiro está errado!

Às vezes você acha que seria melhor se enfiar em um buraco bem fundo para acabar de vez com esse sofrimento. Mas a dor não é física e sim, uma dor na alma.

Uma dor que te faz companhia todos os dias e que já se transformou em uma dor tão íntima, que te faz companhia nos momentos de solidão e de angústia, mas também nos raros momentos de alegria.

Você pensa mesmo que está só?

Que ninguém ouve o seu coração?

Um mundo com tanta gente chorando, gritando!

Mas você faz de tudo para esconder seus sentimentos porque tem medo de te acharem frágil. Há horas em que você se reprime tanto que parece uma concha, se esconde; já em outros momentos, sente uma terrível falta de ar no peito e abre a concha.

Bate um desespero, você olha para trás e imagina que tudo e todas as suas escolhas foram erradas! Mais ainda, olha para frente e se angustia porque acha que nada mudará!

Por isso você sente que não aguenta mais!

Percebe que ninguém te entende!

Eu entendo você! Eu vejo você!

A sua existência não é um longo e infinito abismo, não!
Abandone o medo que existe dentro de você!
Abandone essa baixa autoestima!
Acalma seu coração!
Simplesmente, RECOMECE!
Biografia

DANY DUARTE *é o nome literário de Daniela de Cássia Duarte, que escreve contos, é Pesquisadora, Assistente Social, dirige a Associação Movimento Mãe Águia de Combate à Violência Sexual Cometida Contra Crianças e Adolescentes – pertence ao Conselho Estadual dos Direitos de Crianças e Adolescentes, é Psicodramatista e Mestre em Ciências da Educação – Membro da Academia Feminina de Letras e Artes de Mato Grosso do Sul.*

1. Corruptor de consciências

Vou falar de talentos.

A cada um de nós é dado o suficiente para que realizemos nossos sonhos e os ideais que nos norteiam.

Ainda assim, existem os que se julgam superiores ou inferiores.

Aparentemente é porque uns têm mais e outros menos.

Isto se observa, quase sempre, e unicamente no sucesso que cada um demonstra.

Digo e afirmo: DEMONSTRA!

O exterior...

O que é o exterior além de mero invólucro?

Vez ou outra nos repassam docinhos de coco - de lindos coqueiros do nordeste - embora branquinhos, são cheios de ranço, fedendo mesmo!

Meu caro - não é o exterior que conta!

Ninguém procura saber quem ou o que propicia a essa pessoa essa grandiosidade que ele tem certeza possuir...

Para que a poeira do brilho que assegure fugaz sucesso a esse invejoso, podes verificar - ele se encontra apoiado na força de outros - que não percebem que são usados, manipulados, por alguém que se encontra no bastidor.

Cada um de nós tem seu lugar garantido ao sol ou na sombra.

Somos responsáveis por nossos atos e desacatos.

Ninguém ocupa o mesmo espaço de outro - isso é uma Lei da Física.

Se alguém se sente ofuscado por outra luz - é porque, com certeza, é ainda um ser envolto em sombras, e a sua gabolice e o umbigo próximo aos olhos não o deixou ainda ver a sua inteira pequenez, ou como diria um insigne escritor daqui de Mato Grosso do Sul - a sua estatura é do tamanho de sua altura!

Ninguém deve se envergonhar do que é e muito menos AFIRMAR O QUE NÃO É!

Ninguém deve se envergonhar do que faz - a não ser - se estivermos falando de abutres que disseminam inverdades a respeito de todos, corrompendo consciências com suas falsidades.

A essas pessoas - que eu chamo de corruptoras de consciências - será dado o equivalente ao que realizam - pois que os bons e maus frutos de nossas obras sempre nos retornarão.

Não se enterra qualidade com defeitos.

Esse corruptor é na verdade um fracassado nos quesitos moral e ética.

Assim é a vida.

As surpresas são sempre muitas, - e no crepúsculo nos surpreendemos pelo inusitado papel que alguns fazem...

2. Misóginos

É só um conto que conto.

E assim seguem.

Batem diariamente no peito, elogiando-se por suas grandes obras, inéditas, jamais vistas na história e que superariam, pelo seu entendimento, tudo o que já foi publicado anteriormente.

Achas que falo de políticos?

Não! Estou a falar de... de tudo e de todos, entendes?

É, sei... não estás entendendo nada, então vou dizer desde o início.

Existem, lá na minha terra, uns misóginos que se imaginam os reis da cocada... Cocada é o termo certo pela origem, se é que me entendes...

Bem, uma vez por semana ou em solenidades os tais se elogiam, e elogiam, e elogiam...

Ai daquelas que inadvertidamente cruzam seus caminhos!

Daquelas?

Sim! Misógino não gosta de mulher, da companhia da mulher... Não sabias?

Ou que eles imaginem que vão lhes roubar o trono... Trono? Perguntas?

Sim, respondo – trono! Pois chegam a comparar-se a Homero... Platão, Dante, "Padin Ciço" – os demais são fichinhas... já estão pensando em Prêmio Nobel... Desgraceira pouca é bobagem!

Para esses, a mulher só tem neurônios para cozinha, para lavar e para passar... e, claro – para servir sexualmente. Ou seja – não passa de uma coisa.

Lamentavelmente isso é uma tendência de alguns segmentos de nossa sociedade e até de alguns que se acreditam expoentes culturais, agentes literários, aqueles que levam a cultura ao povo... (sic!).

Uma sociedade machista, me perguntas?

Sim e não, te respondo.

Na verdade, penso que se trata de pessoas que querem a continuidade da submissão ampla, geral e irrestrita por parte da mulher, e tenta mudar leis, estatutos, registros, atas, etc., para que essa superioridade que acredita ter e possuir – persista.

E o que ocorre quando se deparam com alguém que não conseguem dominar, pisar, quando encontram alguém de fibra... enlouquecem!

O pior ocorre quando esse alguém é uma mulher, supremo desaforo, te respondo...

Tenho meus conceitos de que quando um homem deprecia uma mulher ou as mulheres, ainda que a cante em versos e prosas, alguns num arcabouço arcaico linguajar, ele não passa de um misógino.

Observa e não te enganes, amiga: o misógino pode ser o mais encantador dos homens, lírico, romântico, sedutor, mas por sua incontrolável incapacidade – em qualquer setor – procura, sempre, deixar a mulher abaixo do calcanhar...

Não olvides: geralmente ele canta, declama, escreve, filosofa, aparentemente é gentil... Mas não passa de um grosseirão, de um ciumento, de um invejoso... Se conheces um homem assim – afasta-te!

Na fraqueza estão os pontos vulneráveis que devemos revestir de forças...

A esse tipo de homem faz bem imaginar-se poderoso, imaginar que todos tenham medo de si, que todos o respeitam, que sua escrita é lei.... Que são o centro da atenção e do respeito por parte de todos.

Na verdade, são viciados em si próprios e em seus egos... O espelho apenas os reflete, como uma droga!

Assim seguem...

Na verdade, caro leitor, não é – só – um conto o que eu conto!

3. Revisão: época de reflorir!

Semana retrasada, no estacionamento do fórum, bateram no meu carro. Fiquei mais de 15 dias de carona ou de táxi.

Levei o carro para a concessionária...arre! quantas coisas acharam para arrumar.

Na sexta deu um curto-circuito e a luz da sala onde fica o PC ficou com problemas por mais de 10 dias. Revisão elétrica e eu sem PC.

Hoje veio um eletricista e viu que o problema era banal....

Pensei em revisão e opção. Questionei-me sobre estes assuntos. Permiti-me uma salutar reflexão a respeito de atitudes. De comportamento.

E... acho que também preciso de revisão... Tantas!

Mas não tem nenhum técnico ou concessionária para chamar. Eu sou a técnica e a minha concessionária.

Não posso deixar os fatos acontecerem e permanecer indiferente.

Sou eu quem decide por mim, pelos meus sonhos, pelas minhas esperanças, pelos meus compromissos, pela realidade que é minha.

Não posso permitir-me calar frente as coisas que assistimos. Pelas pequenas maldades do cotidiano que se transformam em crueldade no decorrer do tempo.

Não posso fechar os olhos. Não mais. Permanecer distante, não mais. Tenho de agir. Mostrar o talento para com os outros, para comigo, para com minha família, meus semelhantes.

É tanta gente que não tem um mísero aperto de mãos... Parece normal pois essas coisas fazem parte do cotidiano...

Gente na esquina... na nossa campainha ou em nossa companhia - na mais completa solidão!

A chave de nossa cadeia é quase inviolável - é a prisão do egoísmo... não somos carinhosos nem conosco...

É outono, de novo, as folhas caem, época de reflorir!

4. Transvaloração: da inversão de valores

Quando a bota rói o rato...

Até quando teremos orgulho dessa pequenez ridícula em aplaudir o que não está correto?

O bandido é o mocinho.

Só a título de se frisar este eterno contraditório humano, os jornais estão cheios de assuntos sobre atos degradantes, aliás, vemos proliferar comportamentos indignos com apoio dos que se dizem "bons - especiais - filés - os que se julgam de uma casta superior - os fazedores de guerras - dilapidadoras de fortunas e vidas alheias".

Espero que a terra lhes seja leve... porque é certo que uma hora desabarão.

Transvaloração - é precisamente o inverter de posições e de valores.

NIETZSCHE usava este termo.

Na obra de NIETZSCHE, essa reversão seria consumada pelo niilismo até as últimas consequências e ao revertê-la, transforma-se em niilismo afirmativo - ou seja, um ponto de início de uma nova tábua de valores, questionáveis ou não... deslocando-se o eixo da verdade... e o malfeito, digamos assim, passa a ser o parâmetro do verdadeiro... A verdade, ainda que robustamente demonstrada - passa a ser não verdade.

Abordaremos - em versos, o tema proposto - submetendo ideias e atitudes como plena vida ou degeneração.

Fazermos uma avaliação questionando as verdades nesta atual inversão de valores morais que tem gerado conceitos que corroem o lar, a sociedade, o

País, tornando tudo:
TÃO MEDÍOCRE... TÃO BANAL!...
Agredindo, correndo, caindo, levantando,
Fugindo da multidão ou de nós mesmos,
Em protesto.
Testemunhando nossos sofrimentos,
Seguimos, como telas vivas invadindo o mundo.
É o que somos:
Uma grande tela no Universo!
Guernica de Picasso denuncia a brutalidade de um século.
A agressividade que nos sufoca; O dia a dia das cidades,
A luta pela sobrevivência, a fome, o medo, o desemprego.
Tudo ainda tão igual, como na arte de Rafael Conogar.
Somos espectadores da agressão que nos atinge em todos os instantes...
Como Andy Warhol, massificamos a violência, que nos assola e reprime.
Sobra a sensação de que perdemos tudo!
Sentimos medo de andar nas ruas. Já não podemos olhar crianças, jovens,
Velhos ou adultos...
Quem estará atrás daquele par de olhos acima de qualquer suspeita?
É normal o anormal.... Lemos nos jornais.
Matar pais, avós, violentar crianças; agredir jovens, roubar, enganar.
Sem ideias. Com ação. Fugas, sequestros, violências,
Somos naturalmente agressivos. Violentos na essência.
Mas tudo é tão superficial - que nos esquecemos no segundo adiante...
Tudo é tão medíocre, Tão banal!
À Poesia, ao Poeta!
Carta IX

5. Escrever é viver

"Os governos suspeitam da literatura porque é uma força que lhes escapa" - Émile Zola.

O escritor é um indivíduo, essencialmente, solitário que dedica o seu tempo às letras. Através delas ele se liberta. Liberta a sua mente, seus pensamentos sem quaisquer limites.

Não se pode esperar que ele seja o salvador do mundo porque ele não o é. Entretanto, como é um formador de opinião, o escritor carrega em si essa possibilidade.

É através do escritor que se viaja infinitamente e, não raro, formarmos o nosso pensar.

Eu lia desde muito pequena. Li e reli a pequena e perfeita biblioteca de meu pai, e a minha sede aumentava. Hoje, praticamente vivo para a literatura, - mas não dela. Procuro dividir essa paixão com as crianças de todas as idades. Elas precisam se apaixonar pela leitura, pela literatura, pela cultura. Somente, assim, conhecerão o mundo, os seus direitos, os seus deveres. Saberão cumprir e exigir.

Todas essas situações de vida são desenvolvidas pela leitura, por um bom autor, escritor ou poeta. Eles, com seus textos, emocionam com o emprego conotativo ou metafórico de palavras livres e que traduzem o pensar de cada um.

Eu me comunico com meu leitor através da poesia que, sem dúvida, é o meio mais antigo de forma literária. Organizo meu pensar em versos, harmônicos e semânticos, levando a todos os meus sonhos, críticas e valores. É um falar mais íntimo com quem nos lê.

Cumpro, assim, o meu papel que é o de escrever. Não vim para libertar ninguém, nem redimir quem quer que seja. Não solucionarei nenhum tipo de problema político ou social. Não sou uma missionária, sou uma poeta.

Uma poeta que coloca em versos a indignação, o silêncio, o grito, a opressão, as bandalheiras, o medo, a covardia, as desigualdades, a ignorância, a falta de cultura, de educação, de saúde, de segurança, a busca pela paz, pela solidariedade, do amor, do respeito e da fraternidade.

De manhã, com o raiar dia, vivo a vida como tem de ser... Mas na negritude da noite me entrego à dor de parir e construir cada poesia que sirvo em bandeja, ao leitor, que a consumirá ou não.

Empunho minha Bic, como uma lança, e, sigo atrás dos meus moinhos, quixotescamente. Até hoje escrevo primeiro em cadernos, agendas, onde risco, rabisco, mudo, alterno, troco, jogo fora como uma bola, vou lá, desamasso, guardo para outra hora, quem sabe, melhorar a dor do poemar.

Sou uma escritora, sou uma poeta, e me entrego a esse mister com dedicação e disciplina. Sou habitada por personagens, imagens, fantasias, aventuras, sonhos e por palavras já ditas e as que estão para serem escritas.

Na verdade, sou artesã, uma escultora de palavras, reproduzo o irreproduzível.

Então, dia 25 de julho é o dia do escritor... não preciso ganhar nada, ganho todos os dias, pois através da poesia, meus pensamentos, meus sonhos, meus cantares têm vida própria, Depende de cada pessoa, dos sentimentos, de cada um que a sente e a distribui. Independe de técnica. Somente de palavras.

Me orgulha saber que, como poeta, chego aos leitores como um gesto, uma flor, uma lufada de vento, arrulhar, nuvem, tempestade, por de sol, olhos úmidos, saudades, carinho e até mesmo ódio. A amizade é poesia. A traição dá um poema torto. O amigo cachorro é um poema quebrado, sem vida, amargo, uma poesia que nasce doente.

A vida, pois, é poesia. Escrever é viver!

DELASNIEVE DASPET *é advogada, poeta, escritora, Embaixadora Universal da Paz, Peacemaker, Ativista das Causas Humanitárias, Paz, Cultura, Direitos Humanos, Sociais e Ambientais. Criou e preside a Associação Internacional de Poetas e a Academia Feminina de Letras e Artes de MS.*

ERIKA RANDO ARCTAN

1. Não era noite, nem era dia

Era o tempo... estagnado.

Pairando incólume sobre os seres humanos, ou não.

Alforriando seus súditos por instantes, que libertos da escravidão se questionavam, não sabiam sequer como agir, e o tempo, senhor de todas as coisas, permanecia estático, não mais tinha o controle perene sobre tudo.

Num relance todos perceberam-se, pobres escravos, viram-se acorrentados de alguma forma uns aos outros, e puderam entender que, embora estivessem presos, as correntes que os ligavam eram ilusórias, e se formavam através de grandes elos de compromissos inadiáveis e vícios digitais e comportamentais.

Alguns poucos compreenderam a transitoriedade das correntes e sentiram imediatamente a liberdade, agora, sem o comando do tempo, tudo ganhava um novo significado, era possível perceber o que realmente os rodeava; a aura de cada ser, a intensidade de cada ato, a beleza de cada contato, nada absolutamente nada, era como antes, sem a ação do tempo, tudo ganhava um novo significado, a sublimidade da existência era perceptível e o fluxo da vida se alterava, a verticalização acontecia e o que havia embaixo e em cima se via.

Cada instante se perpetuava, não apenas na memória, os bons assim permaneciam e os "nem tanto" eram evitados, porque dessa forma se conservariam.

Era possível sentir o aroma das flores, o som do vento, a leveza da água e a força da natureza pulsando numa frequência nunca antes sentida.

As dobras do tempo ficaram perceptíveis e o passado e o futuro se fundiram e se encontraram na inevitável reflexão.

Mas muitos, ainda assim, nesse lapso atemporal, não percebiam as amarras, e continuavam se prendendo a interesses programáveis entregando sua existência na permuta pela busca do pseudossucesso material.

Seguiam substituindo a presença física por mensagens digitais, o diálogo por *emojis*, e o sentimento... ah, esse tormento, deixavam trancado, enclausurado em seu espaço, subjugado, pois o tempo nunca permitia suas manifestações, as de carinho mais sensíveis, essas eram constantemente abafadas, e as de revolta, ódio e discriminação, eram incentivadas e explodiam com uma frequência devastadora.

Não tenho tempo para coisas insignificantes, diziam eles, e o desnecessário se sobrepunha ao simples e necessário, que passara a ficar invisível.

E mesmo nesse não tempo qualquer, as correntes iam se intensificando, se tornando mais densas e apertadas, ligando todos, os transformando numa massa quase que única, com apenas um espectro, o da ilusão.

A maioria dizia, tudo tem seu tempo...

Não, o tempo que tem tudo, o tic tac do relógio bate no compasso do coração, se aproveita ou não.

Os libertos foram considerados loucos pelos prisioneiros do tempo, já que mesmo no não tempo eles não conseguiam perceber nem sentir o valor da liberdade, e dessa forma, foram julgados e condenados à exclusão, foram discriminados, isolados, e alguns até queimados na fogueira da ignorância.

E o tempo? O tempo se divertia, pois não era noite, nem era dia.

Assim a humanidade se dividia.

Houve manifestações, incoerências, prisões, dissidências, num tempo que não existia.

E a confusão, essa sim acontecia.

Enquanto isso, os não humanos só observam a dicotomia, sempre existiram num não tempo, onde nem sempre a Lua significa noite, e o Sol significa dia.

O tempo realmente parou, e todos começaram a ver o que não se via.

Quanto tempo dura essa loucura? É rápido? Perdura?

Não sabemos, não temos tempo para indagações, temos que aproveitar o tempo que não existe.

Mas se não existe, por que a insistência em perguntar?

Porque só agora começamos a questionar, disseram os loucos. Diante de tudo o que percebemos, vimos que o tempo só existe para nos acorrentar. Nos tornar prisioneiros dentro dos nossos próprios sonhos, blindando as possibilidades que se apresentam, pois o tempo é um sequestrador, e a vida é o resgate, pago com muita dificuldade por alguns e com absoluto desprezo por tantos outros.

Porém, os acorrentados na ilusão, já muito afeiçoados a seu sequestrador, se entregavam a seus desmandos escravizados pela vontade de seu senhor, num feudo consciencial.

E sob essa conjuntura, a revolução se deu, num tempo que nunca aconteceu...

Não era dia, nem era noite, e os açoites da não referência despertavam em cada ser.

O que procurar? O que fazer?

Nos tornarmos insanos, porém libertos das convenções determinadas por interesses aleatórios e incautos, ou nos submetemos à jornada estipulada como um fantoche conduzido no silêncio da breve existência que o tempo sequestrou?

Consequentemente, a guerra se fez, não mais se via os acorrentados e os libertos que em respeito se recolheram.

Todos se recolheram, cada um à sua insignificância, diante de um não tempo.

E descobriram que o tempo não tem tempo para se apresentar, cada individualidade ao se interiorizar trava suas próprias batalhas, constrói as suas muralhas e aguarda que o tempo seja a ponte permissiva que desbrave o domínio das suas ilusões.

Algoz tempo, todo ser tem o tempo necessário para edificar suas obras, sejam elas altruístas ou não, é o desafio entre o sonho e a razão, onde num tempo qualquer se manifesta a intuição.

Não há batalha maior do que a travada entre o sim e o não.

Talvez seja essa a maior escravidão, o tempo perdido na indecisão, entre a liberdade e as correntes que aprisionam pela estagnação.

E o tempo então compreendeu, que mesmo onde não houve ou não aconteceu, a transformação se deu.

A liberdade se uniu à sensibilidade, e as correntes, aquelas da ilusão, algumas se romperam, e seus súditos não mais retrocederam, percebendo o poder da verticalização.

Mas era apenas um blefe...

E quando o tempo se deu conta da enorme confusão, e que mesmo estagnado tinha o poder de promover tamanha modificação, o dia correndo virou noite e a madrugada se apresentou, para tudo ser apenas um sonho, ou talvez um pesadelo, e que nunca sirva de modelo.

Pois logo depois viria o dia, com os transeuntes em sua correria, as informações manipuladas em soluços inverídicos, trariam mais e mais momentos fatídicos, e o tempo voaria, ninguém mais notaria quando era noite, muito menos dia, e ele soberano novamente reinaria.

Sequestrando a vida, apresentando uma percepção invertida.

De um tempo que insiste em revelar, que em qualquer tempo é o momento de fazer o que se desejar.

E se por acaso o tempo parar, "**caminha-te**", inevitavelmente ele irá te encontrar...

2. A estrela era eu

De repente, tudo ficou nebuloso, eu não conseguia perceber o local, nem os aspectos físicos presentes, a frequência era baixa e havia muita interferência na psicosfera, não reconhecia o ambiente e as emanações que chegavam até mim, eram confusas.

Procurei imediatamente por elas, não consegui localizá-las.

Onde estão minhas companheiras de inúmeras jornadas? Não consigo vê-las, necessito achá-las!

Tento me transportar, não consigo volitar.

Insisto... mas aqui se faz necessário caminhar, andar literalmente, pois a gravidade nos mantém no solo, a matéria pesa, o deslocamento é lento, e não é possível se teletransportar, nem ao menos se comunicar pela frequência mental, e tudo acontece num tempo espaço muito diferente do meu habitat. Tento reconhecer onde posso estar.

Mesmo nos momentos em que a densidade se dissipa, não é possível perceber totalmente o local, os paralelos olhos físicos do corpo que ocupo neste instante são muito limitados, e filtram o que é possível observar, o Ajna, o terceiro olho que propicia a percepção metafísica, aqui, demora a se manifestar.

Me sinto prisioneira, numa estrutura física restrita, que pouco reconheço, mas ainda assim, consigo captar o encanto e a magnitude deste lugar, um orbe exótico, colorido, de rara beleza, com cores exuberantes de todos os tons, em flores e frutas, aromas e sabores, espécies diversificadas, água, terra, fogo e ar, com uma natureza transmutadora e doadora de todos os elementos vitais para a sobrevivência, uma dádiva existente em poucos planetas e exoplanetas dos sistemas solares, mas lamentavelmente seus habitantes não sabem utilizar. O desperdício, princípio da escassez, inibe um coexistir harmonioso, e é notório a desatenção de todos com o seu próprio lar.

Vejo pequenos pontos de luz, tento me aproximar. Serão elas?

São seres pequeninos, lindos e puros, mas percebi que eles crescem, e ao crescer costumam se transformar, muitos deles perdem a sua luz, e os que com ela permanecem, é difícil encontrar.

Caminho... e vislumbro prisões, muitas prisões enfileiradas, todas com muros altos que mais parecem muralhas, cercas eletrificadas e controle de entrada, que eles chamam de lar, indago, dizem que isso é proteção, imagino que seja para protegê-los deles mesmos.

Neste curto período, já medido pelo tempo linear que aqui impera, foi possível entender que quase tudo é uma farsa digital, tudo é, o que não é. A comunicação é feita pela linguagem, e a habilidade extrassensorial que permite a transferência de informações, ainda não foi desenvolvida, eles não expressam o que pensam realmente, e se camuflam, formando personagens de si mesmo, como um exoesqueleto que esconde um núcleo muitas vezes perturbador, incentivados pela tecnologia que os leva a um metaverso dominador e aliciador de mentes e emoções.

Eles possuem uma visão distorcida da realidade, não perceberam a necessidade de desconstruir o que lhes foi imposto, se limitam ao universo observável e desconhecem os paralelos, os multiversos, e todas as possibilidades quânticas, pensam que dominam a tecnologia e ainda não compreenderam que ela já os dominou, quase todos são dependentes de seus desmandos e envolvidos por sua capacidade extrema em limitar e conduzir atitudes, cognição e o contato gerador do afeto, ações que quando realizadas na intenção correta, elevam significativamente a frequência planetária.

O sistema foi corrompido desde a criação, prevalece o poder do ter, sobre o poder do Ser.

Impossível ficar bem... por isso, é tão restrita a locomoção, a frequência densificada pesa e não permite a ascensão, todos acham que o real é o que seus sentidos corpóreos limitados conseguem captar, realmente dentro dessa *matrix* tão ilusória e escravizadora, é difícil se libertar.

Ativar o antissistema seria a solução, que venham os revolucionários viajantes das estrelas, para intensificar a consciência universal que habita em todo Ser, e estimular a expansão, guiados pela lei cósmica.

Por isso procuro-as, desesperadamente, para que possam descodificar...

Localizo alguns outros brilhos ao longe, mas estes já estão subvertidos por uma enorme quantidade de gases tóxicos, produzidos por usinas sugadoras e transformadoras do elemento primário, que potencializam o consumismo. Percebo que os seres são avaliados pelo que possuem no âmbito material, e não pelo que são consciencial e espiritualmente.

Muitos deles preferem a companhia dos animais a seus iguais, os relacionamentos são virtuais e tecnológicos, e se antes viviam em bandos, agora vivem enclausurados em sua própria vaidade.

Todos seguem uma mesma tendência e poucos a questionam. Existe um poder que domina muitos, detalhadamente programado, emanando constantemente vibrações em frequências específicas que estagnam a evolução, magnetizando o dominado, para que ele pense que é o dominador, de uma forma simplista, mas eficaz, insuflando seu ego, uma das piores fraquezas dos seres de terceira dimensão.

Não é fácil estar aqui... é possível sentir em todos os campos vibracionais, o sofrimento que se estabeleceu como normal, e a necessidade do poder ilusório que deflagra guerras, conflitos e flagelos nesta civilização.

Eles ainda não compreenderam que no amor universal não existe fronteiras, raças ou crenças, só existe o amor e a verdade, todo o resto é domínio.

Por isso, a verdade é omitida, pois acabaria o domínio e o amor passaria a prevalecer, tudo aqui é feito para que permaneçam na ignorância existencial.

Continuo caminhando... no solo, tento entender por que aqui me encontro, procuro uma luz, um brilho sequer.

Preciso encontrar alguém que vibre na frequência universal, ou algum lugar onde prevaleça o amor.

Elas me ensinaram que para encontrá-lo é necessário propagá-lo com muita força e insistência.

Ainda não consigo vê-las!

Mas pratico o aprendizado. Vibro com todas as células humanas e consciência espiritual na frequência do amor, expandido os corpos sutis que a mim pertencem neste instante, e finalmente consigo enxergar a janela quântica que me leva aos polos praticantes da universalidade, da igualdade e da fraternidade.

São vários, e de uma magnitude única! É necessário muito esforço para que a energia cósmica do amor atinja o próximo neste planeta, e principalmente, que nele permaneça.

Proporcionalmente não são muitos, mas são ascensos, os praticantes da luz universal.

A densidade então imediatamente se dissipa, a frequência emanada proveniente dos guardiões da luz purifica o meu ser e permite que eu enxergue o que esses olhos físicos tão precários não deixavam ver.

A transformação é imediata, a percepção aguça e já caminho com uma leveza restauradora, mas ainda permaneço no solo, compreendi que aqui, assim será.

O bem e a paz têm o poder de transmutar quanticamente as frequências vibracionais, e abrir janelas cósmicas únicas de evolução propagando novos e melhores dias a cada amanhecer.

Foi quando então entendi, porque não conseguia vê-las...

A ESTRELA ERA EU, e aqui estava para restaurar o brilho e o amor que se perdeu.

ERIKA RANDO ARCTAN *é o nome artístico de Erika de O. Rando de Oliveira. Artista visual, formada pela Universidade Federal de Mato Grosso do Sul UFMS). Poeta, membro da Academia Feminina de Letras e Artes de Mato Grosso do Sul (AFLAMS), Cadeira 37. Embaixadora da Paz, pelo Cercle Universel des Ambassadeurs de la Paix. Fundadora e mantenedora do Projeto Cultural "Caravelle de Reves", propulsora da Arte Cósmica e criadora do Projeto Artístico "Estão entre nós".*

ISABEL DOS REIS FIORESE

1. Quem sou

Metade de mim é branca, outra metade negra.

Mas o sangue que corre em minhas veias é vermelho igual ao de toda humanidade, tenho uma parte que anseia em sair pelo mundo gritando por igualdade, mas outra parte emudece diante das injustiças. Parte de mim sonha com a mais pura liberdade; em contrapartida, outra sente medo, pois acomodou-se no cárcere das conveniências. Metade de mim é ousadia, outra metade acomodação. Uma grande parte do meu ser beira a loucura, outra pura razão. Tenho dentro da minha alma uma parte que queima feito fogo, em brasas explode em êxtase, verdadeira emoção, outra é fria, enrijecida pelo gelo dos sofrimentos e pelas duras decepções; uma parte de mim é inocência, outra pura devassidão. Não sei ao certo quem sou, nem quem fui ou quem virei a ser amanhã, sei apenas que sou uma partícula do universo e que, dentro de mim, existe uma inteligência que comanda minhas ações. Se não sou o que gostaria, é porque desconheço tudo o que existe nas minhas entranhas e, por mais que me olhe no espelho, enxergo apenas uma tênue imagem distorcida do meu todo, já que a sociedade me confunde desenhando caricaturas fragmentadas da minha persona, ora para lustrar meu ego, ora para abalar minhas estruturas emocionais. Vou caminhando devagar por uma estrada permeada de obstáculos construída à custa das diferenças sociais, religiosas, culturais e intelectuais; às vezes, me enquadro em tudo... às vezes, em nada. E a única realidade a que me apego é a fuga da alienação total, do fanatismo de qualquer espécie a fim de preservar minha sanidade mental, de cuja integridade às vezes eu própria duvido, já que parte de mim se liga nas obviedades, já outra parte é puro desatino, um delírio total.

2. Amélia que era mulher de verdade?

Acorda às cinco da manhã, veste um robe, calça um chinelo, toma um banho rapidinho pra deixar o banheiro livre para o marido que ainda dorme, corre pra cozinha, põe água pra ferver, vai pra lavanderia, separa as roupas do cesto, põe as coloridas na máquina, põe sabão e amaciante, liga a lavadora bem na hora em que a chaleira apita. Faz o café, põe na térmica, arruma a mesa, acorda os filhos e o marido, coloca a caçulinha no banheiro, liga o chuveiro, deixa o uniforme dos dois em cima da cama. Dá uma ajeitada no quarto, arruma as mochilas, volta pra cozinha, põe a ração do gato, tira o leite da geladeira e esquenta os pães. O marido senta-se à mesa, ela dá um beijo, pega o pente, ajeita o cabelo das crianças, ajuda a calçar os tênis e deixa os três na mesa. Vai para o quarto, dá uma ajeitada na cama, seca o banheiro, pega o secador e a escova, alisa a franja e prende os cabelos, faz uma *make* rápida, escolhe uma roupa e o sapato preto de sempre, arruma a bolsa, lembra de tirar o celular da carga, guarda na bolsa. As crianças estão chamando para preparar o lanche da escola, pede ao marido para fazer isso, e vai para a lavanderia estender as roupas no varal. Rapidamente recolhe os pratos e xícaras da mesa, deixa dentro da pia, olha o relógio, tem 40 minutos pra deixar os filhos na escola e chegar ao trabalho. O casal é classe média, mas gasta muito com a educação das crianças na escola particular e nas aulas de inglês, sem falar na prestação da casa e o financiamento do carro. Amélia é corretora de imóveis e precisa rodar o dia inteiro, mostrando imóveis a clientes; o esposo é chefe de cozinha de uma cantina italiana, sai cedo de casa e volta só depois de fechar o restaurante, então cabe a Amélia os compromissos com os filhos e a administração da vida financeira do casal, ou seja, reunião de pais, solenidades na escola, compras para a casa, pagamentos de contas pessoais, serviços bancários e serviços domésticos, é tudo por sua conta. À noite, esquece o cansaço e os problemas, procura estar bem-disposta, cheirosinha para dividir o prazer com o amado. Horário pra ir ao cabeleireiro e manicure? É preciso convencer as crianças a ficar um pouco com a vovó no sábado, porque o marido gosta de relaxar no sábado à tarde e, à noite, levar a esposa para fazer um bico de *hostess* do restaurante onde ele trabalha.

Seria essa narrativa uma versão moderna da Amélia que era mulher de verdade, cantada por Ataulfo Alves nos anos de 1940? Eu achava que aquela Amélia, submissa, sem vaidade e que passava fome ao lado dele, fosse só uma figura inventada e que, se tivesse existido, tinha se perdido no tempo; mas hoje, em pleno século XXI, constato que ainda existem muitas Amélias, muito mais poderosas, inteligentes e turbinadas, com a diferença que não podem se dar ao luxo de não serem vaidosas, pois o papel dessas mulheres na sociedade, de forma geral, exige que estejam sempre bem produzidas e muito dispostas para desempenhar a grande variedade de papéis que a vida exige. O relato inicial mostra o cotidiano de milhões de mulheres pelo mundo afora, Amélias, Marias, Luzias..., diferentes nomes, mas com o mesmo desempenho e com o mesmo sonho, dar um futuro para os filhos, ter a casa própria e ser feliz. É muito pouco pelo muito que batalham, mas, infelizmente, enfrentar duplas, triplas jornadas ainda é a realidade das Amélias versão 2.1.

Minha homenagem a todas elas!

EUDIRCE ISABEL DOS REIS FIORESE, mais conhecida por Isabel Fiorese, escritora, poetisa, é psicóloga, produtora de eventos culturais e atriz. Já publicou seis livros de poesias e crônicas, entre solos e antologias. Membro da AFLAMS – Academia Feminina de Letras e Artes de Mato Grosso do Sul (AFLAMS).

JANDIRA MENDES TRINDADE

1. O tempo

O sol nasce, se deita e volta radiante para fazer a mesma trajetória de todos os dias. Tudo tem seu tempo certo, tudo acontece no momento certo.

Vivemos nós, debaixo desse imenso céu azul, aqui na região do Pantanal, conhecida e cantada por tantos poetas, escritores e cantores pela beleza que aqui reina, que faz deste lugar um paraíso onde tudo se desenvolve, apesar das secas e das queimadas que assombram a região. Depois das poucas chuvas, a paisagem se renova com flores, bichos e pássaros que voltam a povoar as matas.

Por aqui a tecnologia moderna chegou trazendo muitas mudanças, ensinando palavras novas, que foram incorporadas ao nosso vocabulário, assim como um modo bem diferente de viver.

Eu, que já não sou tão jovem, a cada mudança de tempo sempre procuro aprender uma lição; e para poder fazer parte deste mundo moderno, tive que me render e, apesar de julgar não fazer parte da minha vida, tive que aprender a usar o celular.

São novos hábitos, tudo mudou. Nunca pensei que para falar com alguém distante fosse só pegar um pequeno aparelho onde é possível ver a imagem das pessoas, responder de forma imediata e encurtar distâncias: o celular.

Parece inacreditável. Tantas mudanças aconteceram; não foi só o surgimento dos aparelhos de celular, mas também a forma de ver e viver para poder acompanhar o progresso da vida moderna.

Mas são as coisas simples que ficam marcadas e serão lembradas, como por exemplo, o dia em que tive a oportunidade de conversar com o imortal Carlos Nejar, membro da Academia Brasileiras de Letras, autor de tantos livros, títulos a perder de vista.

Escritor gaúcho a quem tive a honra de contar nossos costumes, falar cobre nossa cultura e culinária.

Sua simplicidade encanta; presenteou-me com seus livros e nas dedicatórias chamou-me de “escritora”.

Momentos tão incríveis que eu não imaginava viver, e que me fazem crer que há tempo para tudo.

2. Sem fim

Aqui, nesta imensa e belíssima planície pantaneira onde vivemos e a natureza reina, no passado as terras eram devolutas e a perder de vista, razão para aventureiros visitarem e contarem maravilhas deste lugar pelo mundo afora.

Essas vantagens só existiam neste paraíso perdido, enfim um lugar mágico. Tantos estrangeiros foram aqui chegando, viajando pelo rio da Prata até Corumbá, se aventurando em chalanas, chatas e navios menores, à procura de um bom lugar para viver.

Italianos, portugueses, gregos, libaneses, cada um trazendo seus costumes, sua maneira de viver, se acomodando na simplicidade do lugar, culminando com a mistura de diversas raças dos habitantes da terra, dando origem a um povo valente e guerreiro.

Naqueles idos tempos de 1905, a vila Nioaque estava em pleno progresso e os italianos José e Fidélis Cândia ali estabeleceram uma forte casa de comércio, mas não permaneceram lá por muito tempo.

Em 1909, mudaram para a cidade vizinha que, fundada por um fazendeiro da região, crescia na margem esquerda do rio e recebeu o nome de Aquidauana.

A vila foi formada por casas feitas de pedra de arenito, muito comum na região, verdadeiras fortalezas chamadas de casarões, réplicas das casas da sua terra distante e que até hoje se conservam intactas, sem nenhuma rachadura em suas pedras enormes. Muitos ainda mantêm bem conservadas as molduras, os desenhos e os brasões que resistiram ao tempo.

Assim também aconteceu com a loja Casa Cândia. Fotografias antigas mostram seu interior ainda com todos os seus móveis originais, prateleiras repletas de artigos mil, de várias qualidades, assim como os livros de contabilidade que guardam os registros dos tantos clientes que por ali passaram, vindos de várias partes do estado.

Mas o que mais chama a atenção é o tamanho do cofre que lá está e ainda funciona. Como fazia parte da rota do comércio, a loja acabava servindo de banco para os moradores da região e para os comerciantes. Quantos dinheiros diferentes, quantas tantas histórias ficaram sem contar!

Não raramente os descendentes desses clientes visitam a loja para examinar os livros e conhecer o lugar, que ainda sobrevive ao tempo e às mudanças tecnológicas. São 113 anos de existência, mantendo viva a história e fazendo presente o passado.

JANDIRA MENDES TRINDADE, comerciante, escritora, Membro da Academia Feminina de Letras e Artes de Mato Grosso do Sul (AFLAMS), cadeira nº 19.

JANICE LINHARES

1. Um gato esmagado no asfalto

"*Tão cedo para me deparar com a morte hoje*", pensei, ao ver o Gatinho esmagado no asfalto.

Cedo da manhã, meus olhos, recém-abertos para o mundo para mais um dia de labuta, depararam-se com aquela cena. Os carros correndo, a terra girando e o Gato estirado no meio da avenida.

"— Tadinho, Mãe!", ouvi as suaves vozes que me acompanhavam. "— Que dó!", eu respondi.

Puxei a oração que religiosamente faço com meus filhos ao amanhecer, na trajetória para a escola. "— *Ave-Maria, cheia de Graça...*", mas a visão do Gato invadiu cada pedacinho da reza. "— *O Senhor é convosco*", Gato, "*Bendita sois vós entre as mulheres*", Gato, "*E bendito é o fruto de vosso ventre*", Gato, "*Jesus*"...

Finda a ladainha, parei diante do liceu. Despedidas, "— Deus os abençoe, boa aula, até mais tarde!"

E novamente o Gato saltou no colo dos meus pensamentos. Brincou alegremente com um novelo de problemas embolados do dia anterior que ficaram para hoje e repentinamente o encontrei no caminho de volta, ainda mais jungido ao frio da estrada. Ali, observando sua morte, senti o seu viver. Senti o último pulsar de seu coração ao perceber que a travessia não daria certo, ao intuir que jamais chegaria ao outro lado, à outra margem. Senti suas sete vidas passando como um filme em minha própria cabeça. Seu nascimento, o leite fresco e quente escorrendo em sua garganta, seus dias de aprendizado, suas aventuras em cima dos telhados, o vento fresco a bater-lhe no peito, a velocidade de suas patas, as pragas que lhe rogaram, as amizades desinteressadas, a bondade das esquinas, suas noites de solidão...

Uma compaixão tamanha invadiu-me, queria tirá-lo daquele local, depositá-lo na terra, essa sim merecedora de receber sua história, não aquele rio escuro e inerte que abraçava seu corpo inanimado com indiferença. Essa mesma indiferença de todos os veículos que o desfiguravam cada vez mais com suas rodas.

Busquei rapidamente dentro do meu automóvel algo que pudesse servir de mortalha. Nada. Justo eu, que sempre tenho milhares de quinquilharias no carro, não carregava um objeto sequer que fosse apropriado a dar ao Gato um sepultamento honrado de quem também é filho de Deus. Senti-me impotente, incapaz de agasalhar com dignidade a finitude daquela vida.

Enquanto pensava, uma caminhonete dividiu o Gato em dois, partindo igualmente minhas esperanças de resgatá-lo dali. Senti-me atropelada como o Gato, esmigalhada no asfalto, dividida entre minha piedade e o prosseguir de minha rotina. Mesmo comovida, respirei fundo.

O novelo de problemas de ontem rolou à minha frente, como um lembrete de que a Vida segue, não importa quantas vezes você morra um pouquinho durante o dia, no escorrer das horas. Mesmo partida, dei partida no carro e parti.

"*Era só um gato esmagado no asfalto...*"

2. Redenção

A morte foi real (ela sempre é, quem dera fosse coisa da nossa cabeça). O restante são mentiras a contar a história da nossa verdade.

Vivia de catar o resto da felicidade dos outros. Comia do pão amassado nas latinhas de cerveja, de refrigerantes, fermentado nas garrafas de vinho que encontrava nas lixeiras da cidade alta, onde germinavam os condomínios de luxo. *Condomínios de luxo germinam, florescem; favelas se proliferam como pragas*, vociferava a voz dentro de sua cabeça, enquanto se curvava para arrancar da calçada mais um depósito gigante do esbanjamento daqueles que não sabiam o que era contar moedas para o leite, na labuta do dia a dia.

Não tinha família, tampouco estudo, amigos não enchiam a mão. Não, não diria amigos, diria companheiros de miséria. Era sempre a amealhar os resquícios das risadas alheias que se encontravam os catadores iguais a ele. *Recicláveis*, diziam as vozes dos condomínios, cujo projeto havia vendido como água por ser sustentável, apoiar o "social", mantendo ativa uma cooperativa de catadores que recolhia o lixo internamente, depositado em contêineres diferenciados e que abriam com sensores, não carecia nem colocar a mão. *É lixo mesmo*, pensava ele, sujando de realidade essa palavra bonita, *"re-ci-clá-vel"*, que empresta uma certa beleza à imundície em que vivem as baratas e os ratos a se refestelarem nas sobras dos vícios humanos. *Mudam-se as palavras, mas o cheiro é o mesmo*, a voz matraqueava, não conseguia se recolher e deixá-lo trabalhar em paz.

Muitos diziam que ele tinha era sorte, o lixo de lá era mais limpo. E que ainda tinha o privilégio vez ou outra de ser surpreendido com um móvel quebrado, uma panela sem alça, um eletrodoméstico queimado, tudo de excelente qualidade, nada comprado nas lojas nacionais, tudo da internet, do exterior. *Quanta asneira*, pensava ele, mas não rebatia, pegou fama de chato depois que começou a ler as apostilas que encontrava no lixo dos moradores da cidade alta. Os catadores o evitavam desde então, suas palavras passaram a ser pesadas pedras nos ouvidos do grupo, que só queria chegar ao final do dia e beber uma gelada. Sem pensar.

Amanhã sempre é outro dia. *E depois também*, refletia ele, empurrando rua acima o carrinho de recicláveis padronizado entregue aos "sortudos" que lá trabalhavam, intramuros, em total conforto e segurança.

Um dia os catadores ouviram a história de uma moça que conseguiu mudar de vida graças aos livros e cadernos que encontrava no lixo, cedo lhe contaram, sabendo que era um leitor voraz do que achava. *Ora, e vocês acreditam que isso acontece com todo mundo que encontra papel no lixo e lê? Que é fácil assim, basta querer? Que mudar é só uma questão de esforço? Querem agora me transformar em exemplo de meritocracia? Ora, é cada asneira* (gostava dessa palavra em particular). *Meu mérito é voltar aqui todas as manhãs, essa a minha vitória*, gritava sem perceber.

Chegava ao alvorecer no condomínio, eram duas conduções para subir até lá, mais um tempo de caminhada, morava perto do rio, na cidade baixa. Sofria com as enchentes do rio que não suportava a indiferença geral e transbordava sempre, recordando que miséria pouca é bobagem aos que tinham suas casas visitadas pelas águas que entravam sem cerimônia, sem bater na porta, velhas conhecidas. Para sua sorte morava num condomínio vertical popular, quarto, sala e cozinha. Via de cima o desespero alheio, sofás, camas, vidas sendo arrastadas pela correnteza.

Sou quase um cidadão da cidade alta, a observar os mais desvalidos, matutava nesses momentos, sem entender o misto de sentimentos em seu peito, pena e raiva, compaixão e ódio, igual ao rio que agora transbordava com fúria, mas que na maior parte do tempo era calmaria a oferecer suas águas para banho e diversão. Muitos da cidade alta desciam para nadar no rio, a orla era bela, pôr do sol sem igual, clubes exclusivos em suas bordas.

E num dia qualquer, que tinha tudo para ser igual a tantos outros, dentro de seu mundo seguro e cheio de sorte, foi apresentado à crueldade. Só conseguiu ver os cabelos vermelhos e ouvir as risadas da mocinha que passeava nas ruas do condomínio em um carrinho que parecia de brinquedo, acompanhada de mais meia dúzia de moleques em veículos parecidos.

Foi atingido em cheio por um saco de lixo orgânico no meio das costas, as cascas das frutas a escorrerem-lhe pelas pernas, o odor das peles de salmão a invadir-lhe as narinas, a gosma do jantar de ontem da família a descer-lhe quase que goela abaixo. "*Quer lixo, lixeiro?*" Gritavam e riam...

Reclamou com o síndico, chamou testemunha, não estava lá para ser humilhado pelos pirralhos da cidade alta. Desaforo. Os pais da menina cabelo cor de fogo tentaram apagar esse incêndio.

Fizeram sua parte, colocaram a guria furiosa frente a frente com ele. Forçaram um pedido de desculpas para registrarem que eram contra a incivilidade e totalmente a favor da reciclagem e sustentabilidade, que pensavam no desenvolvimento igualitário e na importância do meio ambiente equilibrado. *Sei, ambiente equilibrado para vocês é eu lá, vocês aqui, bando de hipócritas, quanta asneira*, a voz dizia portando-se como a menina agressora mimada, com os braços cruzados no peito, cenho fechado. Pediu para falar em particular com ela. Os pais se entreolharam, porém consentiram, a sala era de vidro, não havia o que temer, ficariam observando à certa distância.

Só os dois na sala, ela iniciou o diálogo: *Quer saber o porquê, não é? Mania de gente pobre perguntar as coisas...* (essa parte não disse, só lhe passou pela cabeça ao lembrar com desdém dos questionamentos da empregada, "*para que serve isso?*", apontando para os aparelhos da cozinha). *Sim, por quê?* disse ele, com real interesse antropológico. *Você fere meus olhos com tanta realidade, aqui meu mundo é perfeito. Não gosto de te ver passeando com tanta liberdade dentro do condomínio.* Olhar distante, uma pausa. *O muro não é tão alto assim, não é mesmo, menina?*, disparou encerrando o papo, não seria ele a dar lições à mocinha, faltava-lhe a paciência na mesma medida de leniência dos pais.

E passaram-se os anos desde então. Muitas enchentes aconteceram, incontáveis latinhas foram salvas de irem parar no rio pelas mãos dele. E também foi em um dia como outro que conheceu a redenção. Era o alto do verão, entardecer agitado na cidade baixa, invadida pela cidade alta que vinha se refrescar nas águas do rio, a orla e seus restaurantes estavam repletos de mulheres de azul e branco, como em novelas, prontas para enfastiantes passeios de barco. Viu a moto náutica passar a toda velocidade, enxergou somente os cabelos vermelhos da moça que ia na garupa, livre, sem colete ou segurança. A queda era esperada, anunciada pela imprudência do jovem que fazia manobras para chamar a atenção do grupo que os acompanhava. Estatelaram-se no rio. Alvoroço, caíram perto de um redemoinho natural que os puxava para dentro, como se o rio os quisesse para si para sempre. O rapaz conseguiu a muito custo se agarrar à moto. A moça de cabelos vermelhos ia sendo sugada aos pouquinhos, sua vida escorrendo no ralo gigantesco. Gritava, em desespero, por ajuda. Pensou no que havia dito a ela naquele dia de desacato. *O muro não é tão alto assim, não é mesmo?* Atirou-se na água, nadou até ela, puxou-lhe pelos cabelos com a mesma vontade que teve de dar-lhe uns safanões no dia do agravo.

Todos os sentimentos misturados de novo, rodopiando no torvelinho que o arrebatava para o leito do rio, seu leito de morte. A moça sobreviveu. Foi festejado pela imprensa local como o herói desconhecido que salvou a moça de cabelos vermelhos da cidade alta. Durante uma semana somente. Depois foi eternamente sepultado quase como indigente pelos amigos que não enchiam a mão. A moça, na derradeira hora, o reconheceu. Seu olhar nunca mais foi o mesmo desde então, como se constantemente se visse espelhada no horror subterrâneo de si mesma. E ela se redimiu? Claro que não. Seguiu a vida sendo a pessoa horrível que estava destinada a ser, desde tenra idade.

Afinal, o muro não era tão alto assim. Mas as águas eram muito, muito profundas.

JANICE VARGAS DE CARVALHO LINHARES, cronista, poeta, servidora pública e versada nas ciências jurídicas (com um pé nas ciências ocultas). Enlaçada com João Linhares, de quem vestiu o sobrenome de linho puro. Escreve nas entrelinhas das horas mortas e nos silêncios das manhãs de domingo.

JOÃO LINHARES

1. O hóspede

Tenciono relatar esta história há muitos anos, entretanto, por conhecer as personagens e para não as expor, bem como por vários sentimentos que me tomavam, procrastinei o feito. Agora, penso ser o momento propício para contá-la ainda que seja às pressas e perfunctoriamente.

O casal de professores da rede pública e seus quatro filhos mudaram-se do interior para a capital do Estado e passavam por uma quadra bastante delicada. Angélica, a mãe, lecionava o vernáculo e literatura, ao passo que Joaquim, o pai, trabalhava na Secretaria de Educação. Os rebentos eram estudantes. A vida financeira da família era tormentosa, extremante penosa, e todos os meses fechavam as contas no vermelho. Estipêndios bastante parcimoniosos e rotina repleta de agruras os pautavam. O governo atrasara o pagamento dos proventos dos servidores públicos, e isso, somado à falta de organização e de controle, redundou na perda da casa financiada que tinham, uma vez que o banco levou o imóvel a leilão. Perderam o pouco patrimônio que lhes restava. Não tinham sequer telefone, aparelho de som, automóvel, e os sofás eram rasgados, as paredes da residência onde moravam eram infiltradas e tomadas por fendas, retratos de suas vidas espedaçadas, esfaceladas, amarfanhadas...

Joaquim entregou-se ao álcool e Angélica sucumbiu à depressão. Os filhos, dois meninos adolescentes e duas garotas, sofriam deveras, pois amavam os pais e os viam desvanecer na incomensurável roleta-russa do destino. Todavia o tempo fluía indiferente a tudo, sem comiseração, anódino, impassível. E justiça e dignidade para eles transmudaram-se em substantivos abstratos, meras classes gramaticais no escólio vertido pela mãe, docente da última flor do Lácio e que amiúde os corrigia nas conjugações verbais, na prosódia e nas entrelinhas do idioma. Aos poucos, foram se acostumando àquela tétrica e sorumbática realidade.

Os filhos sentavam-se todas as tardes em pedaços de tora (toquinhos) que tinham à frente da casa e que usavam como banquinhos. Ali, recebiam amigos e tomavam água gelada com mate e limão – tereré. Angélica aposentou-se e dividia o tempo entre tarefas domésticas e lamúrias, enquanto Joaquim era assíduo frequentador do bar da esquina e exímio contador de piadas – provavelmente um meio para derruir suas dores e espantar suas aflições.

De repente, um fato inusitado surgiu: eis que, todos os dias, exatamente na hora do almoço, começou a passar naquela casa um homem que empurrava um carrinho com duas rodas de bicicleta laterais e uma haste traseira, onde ele colocava o papel que recolhia do lixo em vários bairros da cidade e que vendia para coligir um pouquinho de dinheiro. Era um senhor bem idoso, com problemas de visão, de cujos olhos parecia verter um líquido lacrimoso e com resquícios de pus. Andava arqueado, tal qual um súdito das pessoas, talvez por empurrar aquela pesada carroça pela capital durante o dia todo. Sempre estava sem camisa e sem calçado. Seus pés eram rachados e machucados. Mãos muito grossas, calvo, banguela. Pele queimada do sol escaldante. Usava um fraldão para conter, certamente, algum problema intestinal. Falava mansamente e muito baixo; tinha um sorriso esplendoroso, que emanava luz, paz e amor. Sua aparência rude era inversamente proporcional à sua aura. Seu nome era Natalício.

Inicialmente, batia palmas e perguntava se tinha lixo em papel para lhe ser dado. Desde então, como fosse hora da refeição, Angélica lhe servia um prato de comida quentinha, feita com esmero e carinho, um copo de suco de saquinho ou chá-mate gelado. E, nesse diapasão, todos os dias Natalício surgia na hora certa e era igualmente servido e tratado como se fosse um membro daquela família. Angélica, já habituada, quando se aproximava o meio-dia começava a dizer: "–Tenho que terminar logo de cozinhar, porque o hóspede está chegando!" Assim, Natalício passou a ser chamado naquele húmile tugúrio de uma família espancada pelo destino: o hóspede.

Natalício fez amizade com os meninos e as garotas. Joaquim Júnior era o mais velho e tinha sonhos de "*vencer na vida*" e ajudar a família. Estudava muito. Luciano era o segundo filho e adorava namorar, sair e era um jovem de extrema pulcritude e encanto. Tamine era a menina mais velha e apreciava música, praticar esportes e fazer travessuras. A caçula entre eles era Soninha que, muito criança ainda, vislumbrava outras garotas do bairro andar de bicicleta e seus olhos cintilavam de desejo de ter uma para si. Certo dia, gritou para sua mãe Angélica que Deus era injusto, porquanto não lhe dera sequer uma bicicleta para andar. Foi severamente repreendida, e Natalício enrubesceu a face, levantou-se e foi embora amealhar refugo para sobreviver.

Cerca de dois anos se passaram nesse ramerrão, até que, num dia 25 de dezembro, Natalício apareceu na hora do almoço sem o seu carrinho de carregar papel reciclável. Estava descalço, de fraldão, sem camisa, sem chinelo, contudo sorria muito, e de sua boca banguela escorria uma baba que ele limpava com o pulso e logo depois levava aos olhos lacrimosos. Trazia consigo uma bicicleta novinha. Chamou Soninha que, acanhada, veio aos seus braços. Apertou-lhe a cabeça ao seu peito. Fitou-a e lhe exteriorizou: "– Deus nunca Se esqueceu de você, minha querida! Ele está onde menos se espera, Ele está no tudo e no nada. Ele frequenta o lixo para reconstruir as pessoas e as coisas!" E entregou-lhe o regalo. Natalício ainda enfiou a mão na fralda e retirou um papel e pontuou: "- Eu não roubei. Esta aqui é a nota fiscal. Eu economizei o ano todo pra dar essa bicicleta pra você." Todos choravam assistindo àquela cena. O hóspede despediu-se, sumiu aos poucos como um anjo sem asas e nunca mais regressou. Mas ele mudou definitivamente a vida daquela família, e o Natal nunca mais foi o mesmo...

2. Provocações pronominais

A próclise confessou ao padre Oswald que se apaixonara loucamente pela ênclise e queria casar-se com ela. Todavia, o sacerdote ouvira que a mesóclise estava no páreo e presumiu que, com a influência aristocrática dela, que ele bem conhecia e com a qual interagia, poderia haver desarranjos. Conquanto a próclise fosse de família bastante numerosa e estimada, remotas chances ela teria contra a portentosa e pernóstica rival. Suceder-se-ia, na pacata e liliputiana comunidade pronominal, um grande entrevero, caso a disputa pela ênclise ocorresse. Ser-lhe-ia difícil, na condição de líder espiritual, assegurar a concordância entre as envolvidas.

Com efeito, provocar-se-iam bulícios indesejáveis e talvez se desfizessem elos necessários. E nada disso se afigurava interessante, pois se almejava a consonância entre todos nessa religião gramatical. Verbos, advérbios, adjuntos adnominais, conjunções, orações, figuras de linguagem etc. agitaram-se. Eram acólitos dos rituais e temiam uma desestabilização do sistema que os regia. Os linguistas vibravam com essa conjectura plausível! O mundo deveria ser livre de regras, afinal, é a essência o que mais importava...

Instigada pela vaidade, a ênclise valorizava-se demasiadamente e isso a movia para batalhas e intrigas. Destarte, para atrair a poderosa e garbosa mesóclise e esticar a mixórdia, produzia-se e abusava de seduções linguísticas. Tomava a dianteira em tudo. Exibia-se. Era um escândalo a sua ousadia em busca daquilo que supunha tratar-se de uma ascensão. Empertigava-se e aspirava conviver no ambiente de prestígio da mesóclise, sem se inteirar de que o seu mundo não era o desta. Classe média e aristocrática dificilmente se juntariam de modo definitivo. Ainda assim, ela desprezava a próclise, porquanto a achava ordinária, vulgar.

Desconhecendo a repelência que lhe devotava a ênclise, a próclise, cujas timidez e aversão a brigas eram evidentes, depreendeu que lhe seria mais profícuo dialogar com a mesóclise e resolver de uma vez essa pretensa pendenga. Fá-lo-ia o mais breve possível. E realmente o fez, sem perda de tempo. Após a conversa, deu-se o inesperado: ambas se encantaram uma com a outra. Aproximaram-se e exsurgiu algo fulminante: olharam-se perdidamente atraídas pelo verbo que subitamente as movia para o futuro e para trás. A partir daquele eterno instante em que seus olhos se encontraram no infinito, amar-se-iam e também se contemplariam para sempre.

Imediatamente se esqueceram da ênclise e resolveram enamorar-se. Sem dúvida, dar-se-ão muitíssimo bem, contanto que se mantenham sempre unidas, embora se situem eventualmente à distância uma da outra.

Já a ênclise, destituída do seu pedestal, procurou o clérigo e contou-lhe seus pecados, admitindo que não sabia mais onde se colocar. Vilipendiava-se. Depois de tudo, qual seria o seu lugar? E pediu-lhe perdão por ser tão pra frente...

JOÃO LINHARES, *Promotor de Justiça do Ministério Público do Estado de Mato Grosso do Sul (MPMS) é Mestre em Garantismo e Processo Penal pela Universidade de Girona (Espanha). Especialista em Controle de Constitucionalidade e Direitos Fundamentais pela PUC-RJ. Integrante da Academia Maçônica de Letras de MS.*

LAURA STEPHANINI

1. As pantufas de minha avó

Minha avó Luzia sempre teve pés pequenos e ligeiros, pés bastante úteis para quem pariu 10 crianças. Ela tinha também pele de veludo e olhos rasgadinhos que não me lembro de vê-los antes de estarem azulados pelos anos.

Ah! As distrações da mocidade! Hoje tenho a convicção que demorei muito para reparar naqueles olhos e compreender a riqueza da simplicidade que iluminava os seus dias.

Eu sou de uma geração que chamava os pais de velhos caretas e os avós de ultrapassados. A primeira geração a experimentar computadores e telefonia móvel, a geração dos festivais contra a falta de liberdade, contra a vigilância do comportamento: a geração do *rock* e do *impeachment*.

Minha geração alterou o significado da palavra mulher e empoderou as meninas esquecendo-se do poder das anciãs. A geração que de ser dona de si, esqueceu que não pertencer é perder-se. Minha avó não nasceu com vocação para ser rebelde e pular janelas empreendendo fuga de casa na madrugada como a netinha, nem para desobedecer aos pais, nem para ousar desafiar os mais antigos, enquanto eu abracei os livros e a ciência e as leis.

Minha avó nunca se equilibrou em saltos altos, tampouco se embelezou com os recursos da maquiagem, se perfumava de Alfazema, e ostentava unicamente a vaidade de hidratar o rosto com Rugol para impedir as rugas.

Eu me lembro que depois da morte do vovô, ela se permitiu pintar as unhas de vermelho, a máxima contravenção em uma vida inteira de desprendimento e serviço à família. Raramente eu a flagrava com a boca pintada de rosa e uma camada espessa de pó compacto nas maçãs do rosto.

Somente agia assim quando não havia ninguém em casa, mas primeiro assistia à missa sagrada no canal católico da TV a cabo: "Santo anjo do Senhor, meu zeloso guardador, se a ti me confiou a bondade divina, sempre me rege, me guarda, me governa, me ilumina."

Vovó dizia que no tempo dela, maquiagem era coisa de mulher da vida e que mulher decente era discreta e prestimosa. Como era plácido o seu semblante de quem viveu o que tinha para viver e cálida sua sabedoria sobre os propósitos de ser mulher. Sem nenhum conhecimento sobre psicologia ou neurociência, ela sabia conduzir a família ao lugar sublime de pertencimento.

Nos finais de cada ano, nossas comemorações natalinas eram em uma mesa com 11 netos, 03 filhos, 02 filhas, genros e noras numa partilha que iniciava com broa e café enquanto desfilavam camisolas longas e crianças agarradas em mamadeiras.

Minha avó brincou com todos os netos. Sem dúvida não foi só a mim que ela marcou com seu sotaque baiano e seu jeitinho suave de conduzir situações familiares bastante nevrálgicas. Na casa da minha avó não existia disputa, ou perdíamos todos juntos ou comemorávamos juntos.

Ah! Quantos chás à tardinha podíamos ter compartilhado em conversas bem íntimas se eu tivesse ao menos olhado mais profundamente em seus olhos! Se a estupidez da busca por ser grande cedesse lugar ao prazer de ser pequena e estar exatamente onde eu deveria estar.

Eu corri um caminho tão longo descalça para chegar nesse lugar de saudade e contemplação: de onde vinha tanta força e tanta consciência para aquela pequenina mulher que venceu as frustrações de seu tempo?

Guardo em meu coração a lembrança dos afagos, os conselhos sobre saber viver devagarinho e as pantufas que abrigavam os pés velhinhos de um gigante com unhas vermelhas de mulher apaixonada que não se deixou secar pelo tempo.

Somente hoje indago sobre quantos sonhos sufocou, se sonhou, ou se apenas amou, pariu, nutriu e zelou. Somente hoje me espanto quando recordo que enterrou dois bebês antes do advento da penicilina e nunca esqueceu a data dos aniversários. Como sobreviveu mantendo a ternura a tantas mortes e ressurreições!

Os meus pés ainda são tão grandes para as pantufas da minha avó, ela tinha pés pequeninos, ligeiros e bastante úteis, tinha também mãos macias, seios muito fartos, e usava os cabelos sempre curtos.

Era meu enigma, escondendo a sabedoria em vestidos simples estampados de flor e sandálias rentes ao chão. Como me ressinto vez por outra por não ter enxergado o oráculo em seus olhos miúdos.

Um dia, hei de descansar meus pés nas pantufas da minha avó e assim honrar a seiva da dignidade do feminino que nela eu vi brilhar como quem olha o céu e admira a luz das estrelas. Minha avó Luzia ainda é luz na minha vida!

2. As divas louras do cinema antigo

(uma homenagem à minha amizade de mais de mil vidas com imortal Marta Albuquerque)

As Divas Loiras do Cinema Antigo tomam frisantes em taças de cristal enquanto secam os lábios com o rol extenso de incautos que cruzaram seus destinos. Mulheres impiedosas e impenitentes que ardilosamente trançam os dedos nos fios frágeis dos ardis masculinos, como quem tece teias de seda reluzentes para matar a presa em seu voo distraído.

Certa vez, duas delas reunidas se despiram da pele como cobra envelhecida e depois da luz da vela o que se via não eram fadas, eram bruxas desdentadas com olhares de sentinela. Uma temperava o feitiço, a outra mexia a panela, e num alçapão embaixo do tapete da sala escondiam potes com lágrimas de desespero, casquinhas de feridas rasas, dor de apego e mágoa de pé na bunda.

Destemidas, as Divas Loiras desdentadas ou embruxaradas já haviam viajado o mundo, e não voavam em vassouras varrendo a distância, mas, domado o relógio, viajavam no tempo. O tempo, segundo elas, é o peso das horas que só aflige quem não tem encanto no viver.

Dentinho de morcego, barbinha de carrapicho faça da nossa vida um luxo e não um lixo! – elas cantavam em torno da caldeira. Então se embebedavam da fumegante poção misteriosa rindo até falharem os esfíncteres. Em seguida discutiam filosofia, artes, falavam mal dos desafetos e de alguns parentes e escreviam livros sobre fantasias possíveis para despertar mulheres tornadas zumbis pela rotina. Depois, cansadas, dormiam para acordar loiras, leves e divas.

As Divas Loiras do Cinema Antigo não têm vaidade nem idade, são míticas senhoras naturalmente belas e sagazes. Não há culpa nem castigo que lhes imponha vontade de não ser um dilema. As mulheres não envelhecem, enloirecem.

Delicadas, bailarinas, jardineiras, pensadoras, sorrateiras, inesquecíveis em seus loiros cabelos e róseas faces de uma juventude que não se apaga. Todos os homens que foram amados por elas, sofrem a perturbação do exílio. E se não sofrem que se explodam, diva nenhuma liga para isso.

"Os homens preferem as loiras" desde 1953, não foram as bruxas que inventaram isso, repetem sempre entre estridentes gargalhadas.

De fato, ainda que alquimistas das ervas e das palavras, as Divas Loiras embruxaradas do Cinema Antigo, olhadas de perto, não passam de mulheres com um roteiro de vida bastante comum. Aliás, precisávamos demitir o anjo que distribui os *scripts* aqui da Terra, porque as estórias são muito repetidas, sem contar que o debochado entrega em gotas o *glamour*, enquanto o assombro em litros. Queixas celestiais é em outro departamento, mas fica o registro.

Na verdade, o que faz das loiras divas e bruxas é a vontade de contrariar o destino, de encher de vagalumes o escuro sombrio da floresta, e cantar e dançar apesar dos espartilhos sufocantes e dos sapatos apertados.

É acender fogueiras e queimar roupas de luto, enquanto o clarão da lua veste docemente a nudez exposta.

As Divas Loiras do Cinema Antigo estão desaparecendo em um mundo em que a mulher não entra mais no alçapão dos segredos bem guardados. Sem mistério, sem encanto, vão sobrar só retratos e contos e ponto. Fica o protesto!

LAURA ELENA RIBEIRO DE ALMEIDA STEPHANINI *é ficcionista e advogada civilista. Catedrática nas cadeiras de Introdução ao Estudo do Direito e Direito das Obrigações, professora Universitária na Faculdade Estácio de Sá, abandonou o magistério para se dedicar à maternidade. Cantora e Bailarina por hobbie, teve oportunidade de apresentar um programa feminino de Televisão na Rede Brasil e no Jornal O Estado. A palavra sempre foi sua espada para a guerra e para o amor.*

LEONARDO FERREIRA MENDES

1. Redenção

Dona Brasilina era uma moça jovem e rica, mas geria mal o que possuía. E para piorar, sua vida amorosa também não era das melhores. Vivia se envolvendo em relacionamentos conturbados, com ladrões, mentirosos e pessoas violentas.

Dentre esses relacionamentos, aqueles que definiram de maneira mais marcante sua personalidade recente foram o casamento com o senhor Calamares e o casamento com o senhor Lair.

Calamares, apesar do pouco estudo, era uma pessoa inteligente e persuasiva. Com seus longos discursos, atraía a atenção de todos à sua volta, inclusive dos desafetos. Há tempos buscava uma chance com Brasilina. Mas foi preterido pelos três namorados anteriores.

Agora, entretanto, Calamares tinha sua chance. E gerara grandes expectativas, pois prometera ser diferente de todos com quem Brasilina se relacionou anteriormente.

No início, tudo parecia diferente, melhor do que os relacionamentos anteriores. Calamares parecia amar Brasilina e ainda demonstrava ter colocado suas finanças em ordem. Foi um período de grande prosperidade para o casal.

Entretanto, os dias em mar de rosas se tornaram tempestuosos, quando chegaram aos ouvidos de Brasilina boatos de que Calamares a estava traindo com várias amantes e pior: as sustentava com o dinheiro que desviava das contas de Brasilina.

Quando confrontado, Calamares negou veementemente o adultério. Mas conforme Brasilina investigava a situação, mais claras se tornaram as várias "puladas de cerca" e desvios de dinheiro de Calamares.

Inconformada, Brasilina não só se separou de Calamares, como ainda buscou a Justiça para que ele fosse punido. Calamares continuou negando veementemente ter traído Brasilina. Ainda assim, Calamares foi preso em razão das acusações.

Este relacionamento traumatizou a pobre Brasilina. Seu coração passou a ser dividido entre o amor e o ódio por Calamares. Era muito difícil perdoar tamanha traição.

Tentando reconstruir sua vida, Brasilina ainda teve dois relacionamentos, também conturbados, embora mais curtos.

Até que um belo dia, apareceu um novo pretendente, o sr. Lair. Aos olhos de Brasilina, Lair parecia ser o homem que procurava. Falava aquilo que pensava, sem nunca se constranger com os próprios impropérios. Declarava o respeito a Deus, valorização da família e tinha muita preocupação com segurança. Era grande amigo de vários policiais. E se dizia sério e honesto.

Lair tinha um senso de humor exótico, fazendo constantemente piadas com minorias como negros, mulheres e homossexuais. Em algumas das piadas, dava a entender que tais minorias eram pessoas de segunda categoria, menos merecedoras de dignidade e respeito do que "as pessoas de bem".

Além de racista, misógino e homofóbico, frequentemente dizia coisas constrangedoras em público. Defendia o uso de violência contra bandidos e era a favor de armas de fogo.

Brasilina até percebeu alguns dos defeitos de Lair. Mas eram pequenos defeitos, que apenas enalteciam os valores morais do novo amado. Pelo menos, assim acreditou. Tanto que se casou com Lair. Pensava, "qualquer um é melhor que Calamares, aquele bandido!"

Com poucos dias de casamento, o jeito "autêntico" de Lair passou a afastar os amigos de Brasilina. O casal vivia em um bairro multicultural, com vizinhos de várias nacionalidades. Lair era muito amigo de um vizinho estadunidense, mas vivia em atritos com um vizinho chinês e em certa ocasião tentou ridicularizar a esposa de um vizinho francês, em razão da diferença de idade dela, mais velha, em relação ao marido.

Além disso, adotava uma séria de condutas antissociais. Nos fundos da casa onde vivia com Brasilina havia um terreno com densa vegetação. Para realizar a limpeza do terreno, Lair constantemente ateava fogo, o que incomodava e prejudicava a saúde de vizinhos.

Outrossim, Brasilina passou a se relacionar com os amigos de Lair, pessoas de caráter duvidoso. Muitos deles, inclusive, também amigos de Calamares.

Entretanto, pensava que eram pequenos defeitos quando comparados com os de Calamares. Podia aceitar tudo, menos um mentiroso e ladrão!

Passado mais um tempo, as finanças passaram a ir mal. Quando questionado, Lair sempre se esquivava, dizendo que a culpa era dos administradores que escolhera, da conjuntura econômica, dos astros... mas não adotava nenhuma medida efetiva para reverter a eminente bancarrota. Embora a situação preocupasse Brasilina, pensava estar melhor do que na época de Calamares, aquele mentiroso e ladrão!

Estranhamente, ao mesmo tempo em que Brasilina via suas economias ficarem cada vez mais precárias, os amigos mais próximos de Lair prosperavam! Enriqueciam no mesmo ritmo em que Brasilina empobrecia.

Do relacionamento com Lair, adveio um filho, que em homenagem à mãe foi batizado de Brasilino.

Concomitantemente com o nascimento da criança, uma grande pandemia assolou o mundo. Todos os especialistas em saúde prescreveram uma série de cuidados: distanciamento social, uso de máscaras e posteriormente, o uso de uma nova vacina.

Mas Lair não acreditava nessas coisas. Defendia à Brasilina que a pandemia era uma mentira, só mais uma gripe. Que a vacina era uma falácia. E que seu filho não se vacinaria de jeito nenhum.

Brasilina queria se cuidar. Pelo sim, pelo não, o que custava tomar os cuidados preconizados pelos especialistas? Queria usar máscara, passou a evitar os eventos sociais e passou a procurar a nova vacina criada para a moléstia, ainda escassa por ser objeto de desejo do mundo inteiro. Outrossim, tentava a todo custo evitar que seu filho participasse de todo e qualquer evento onde houvesse aglomeração de pessoas.

Lair, inconformado, passou a sabotar Brasilina. Passou a exigir sua presença em uma série de eventos sociais, e ainda levava o filho. Criticava-a quando usava máscara. E criou dificuldades para a compra da vacina, que era escassa, vez que a pandemia assolava o mundo inteiro. Disse que era o pai de Brasilino e que não admitia que ele fosse vacinado.

Um fatídico dia, Brasilino ficou doente. E apresentava os sintomas da doença que tanto alarmava Brasilina. Preocupada com o filho, Brasilina o levou ao médico, que prescreveu um tratamento que poderia minorar os efeitos da doença e talvez salvar sua vida.

Entretanto, Lair controlava as finanças da família e impediu Brasilina de comprar a medicação prescrita. Dizia que era uma mera gripezinha e que Brasilino era filho de atleta, logo era forte e se curaria logo.

Não foi o que aconteceu. Brasilino não suportou a doença e acabou morrendo. Em prantos, Brasilina buscou acolhida com Lair. Ele, entretanto, de forma fria, disse que nada podia fazer, que não era coveiro.

Com ódio pela perda do filho, Brasilina passou a cogitar se separar de Lair. E quando revelou seu intento ao marido, passou a ser ameaçada. Lair alternava momentos em que dizia que Brasilina era livre para deixá-lo e momentos em que dizia que a manteria em cárcere privado para não se separarem.

Nesse meio tempo, em meio à crise, Calamares conseguiu a liberdade. Seus advogados conseguiram que a Justiça reconhecesse uma série de irregularidades em seus processos. E assim que saiu da prisão, Calamares procurou Brasilina. Disse que ainda a amava e pediu que se separasse de Lair, para voltar a viver consigo.

Além de Calamares, outros pretendentes procuraram Brasilina. Mas não adiantava. Em um misto de amor e ódio, apenas conseguia pensar em Calamares ou Lair, como se não existisse outro companheiro para si.

A dor da "cornitude" a mantinha presa a duas pessoas, quiçá os dois piores pretendentes de Brasilina.

E assim, sem aprender com o passado e repetindo os mesmos erros no presente, Brasilina se arrisca a perpetuar suas aflições no futuro.

LEONARDO FERREIRA MENDES, *Escritor, Defensor Público, Especialista em Ciências Penais (LFG/UNIDERP). Mestre em Direito Negocial (UEL). Doutorando em Direito Público (Universidade de Coimbra). Coautor do livro "Código de Processo Penal Comentado - à Luz da Defesa". Autor de diversos artigos.*

MARA CALVIS

1. Mulheres das guerras, guerreiras![*]

Tentar lembrar de mulheres ao longo de nossa história humana, com registros que retratem sua garra, bravura, lealdade e que foram destemidas, de quaisquer municípios, cidades, distritos, países ou continentes, não é muito difícil. Em Mato Grosso do Sul, estado fronteiriço, único do Brasil que possui cinco outros estados e dois países como vizinhos, é comum encontrar nas bibliografias mais variadas nomes de grandes mulheres que deixaram legados e seus exemplos. Não é difícil.

Uma delas merece um olhar mais próximo, pois sua história aconteceu no Séc. XIX, mais precisamente na região da atual Guia Lopes da Laguna, onde guerras com o vizinho Paraguai, por delimitações de terras na fronteira, trouxe à tona o nome de uma mulher guerreira, Maria Conceição Barbosa de Lopes, Dona Senhorinha.

Sua história inicia com seu casamento, aos 14 anos, com Gabriel Lopes. Formaram a fazenda Machorra (por terem matado uma vaca machorra quando ali se estabeleceram), em Bela Vista, Fronteira com o Paraguai. Quando seu esposo fora morto, casou-se com o irmão dele, José Francisco Lopes, com quem tivera seis filhos.

---

* Pesquisas para essa escrita foram retiradas dos livros do escritor contista fronteiriço de MS, James Jorge Barbosa Flores (Jaminho): Onça Pitoca, Tereré sem Anestesia e Roda de Tereré Literário

Um dia recebeu a visita de soldados Guarani, do Paraguai, a procura de Gabriel, pois brigavam pelas terras onde Senhorinha e sua família moravam, mas como não sabiam da morte de Gabriel, que deveria ser levado vivo ou morto, cavaram até a sepultura para confirmar e mesmo assim levaram a Dona Senhorinha (mais 22 pessoas, entre elas, três filhos seus), como prisioneira de guerra. Foi a primeira prisão no Paraguai, isso em 1849 - "Queriam que pagássemos indenização da ocupação da propriedade, uma vez que fomos os primeiros ocupantes nas cercanias com o Paraguai. Foi então, quando José e outros suplicaram junto ao Governo Paraguaio para libertar-nos e que deixasse para o Imperador e Presidente da Província verificarem os limites da (fronteira entre Brasil e Paraguai) propriedade. E que se fosse decidido que pertenceria ao Império, permaneceria, caso não, afastaria ou pagaria pela propriedade."

Em 1864, (Solano López invade o Brasil após apreender o navio Marques de Olinda, alegando interferência do Império na política do Uruguai) o Paraguai reivindicava do Brasil as propriedades que os colonos ocuparam. Não havia consenso das limitações de terras, uns falavam até o Apa e outros até o Miranda (Solano Lopes não deu sequência às rodadas de negociações sobre os limites territoriais iniciadas no governo de seu pai, Carlos Antonio López).

Temia-se uma invasão, mas nunca uma guerra. Com José viajando para levar gado à vila de Miranda, era tarde – nossa aguerrida mulher, Dona Senhorinha e toda família, seis filhos entre 2 e 11 anos, eram prisioneiros de guerra mais uma vez. Serem levados para outras terras, longe do conforto do lar, memórias, família e da própria história que reinicia a partir do retorno ao lar, que já não era o mesmo, pois tudo estava destruído. Criou seus filhos em outra propriedade (reconstruída próxima da antiga Fazenda

Machorra, chamou-a Arroio de ouro), após seis anos como prisioneiros de guerra (1864-1870), passaram por crueldades, desencanto, incertezas, saudades e lembranças, ainda perdeu seu marido, José Francisco Lopes, Guia Lopes e filhos (um, e um enteado) voluntários à Pátria.

Daquela época até os dias atuais, muitas mulheres foram guerreiras, mesmo que não submetidas às guerras com bombas, mortes e crueldades sempre existiram no Mato Grosso do Sul, mas a cada ano apareciam muitas que se tornaram símbolos de força e coragem, por exemplo, para a cultura do estado, tais como: Delinha, Glauce Rocha, Helena Meireles, Conceição dos Bugres, Lídia Bais, dentre outras.

Atualmente, 2022, após mais de dois anos de pandemia pelo COVID-19, comparada a uma guerra biológica, matou milhões de pessoas pelo mundo, chegamos a mais um cenário de guerra, e a semelhança vai além do motivo principal – retomada de propriedades e territórios. As crueldades praticadas pela Rússia contra a Ucrânia extrapolaram, pois, ações que focam em busca de poder e posse de terras, que utilizam de armamentos bélicos sem limites, obrigando novamente que famílias deixem suas casas, fugindo para sobreviver, é no mínimo desumano. O que vemos são mulheres carregando seus filhos, pais, idosos e doentes, que enfrentam a qualquer custo dificuldades de alimentos e água.

Muitas passam por dificuldades inimagináveis, olhando para trás e observando tudo fechado, lojas, supermercados, farmácias e hospitais. Como buscar dignidade se já não se tem nem documentos de identificação, se suas memórias e registros vividos foram eliminados e perspectivas futuras não passam de conseguir sair vivo deste pesadelo.

Histórias de vidas perdidas, tendo que ter forças para repassar aos seus filhos. Muitas, em sua maioria, são refugiadas, mulheres que buscam proteger a vida e vão para fronteiras buscar ajuda humanitária. Não bastassem as humilhações, deixavam seus maridos, pais e irmãos, que seguiam bravamente e ficaram para o combate (homens entre 18 e 60 anos – proibidos de deixarem seu país com suas famílias). Mulheres e meninas enfrentam riscos desproporcionais, passando humilhações, exploração, violência e abuso.

Muitos que oferecem ajuda são os primeiros interessados em usarem da fragilidade, força de trabalho e violência de gênero, incluindo exploração sexual.

Desde que mundo é mundo, se fala de evolução tecnológica, social, econômica e profissional, mas quando será que falaremos de evolução humanitária? Fazer para o outro exatamente o que eu queria que fizessem para mim, deveria ser mais que uma citação bíblica, pois ser humano vai além de frequentar templos religiosos, mas sim praticar o que se lê em Alcorão, Bíblia ou evangelho. A mulher sempre teve que provar que conseguiria, que venceria ou suportaria todas as privações para ter paz e unir sua família.

Mesmo trabalhando na mesma carga horária ou mais, fazendo as mesmas atividades ou mais, sempre foi submetida aos mais variados sentimentos, provações e provas. Já provou que consegue, mesmo assim o que mais se vê são mulheres que sofrem caladas e muitas vezes deixam de se alimentar, para alimentar seus filhos e familiares.

O que falta? Como conseguiremos reverter essas situações milenares? Penso que vai além de saber se o sistema tal é o certo ou errado, muitas soluções já existem e foram comprovadamente testadas, mas uma delas é para mim o maior legado já deixado na existência terrena: Respeito - "Amar ao próximo como a ti mesmo".

Que tal seria viver sem guerras e em harmonia com a natureza? Como deve ser frear a busca incessante por ter coisas que não levaremos após nossa passagem por este mundo? Ser luz para a paz dentro de si e de cada ser que passar por nossas vidas? Existe solução? Talvez as mulheres se unirem, já que são tão guerreiras? Mesmo provando isso há séculos, que aguentam dores impossíveis para salvar a vida dos seus filhos, por que não seguem unidas para defender umas as outras? Por que não estão nos espaços de poder?

E você? Sim, você! És mulher? Que lutas e batalhas vem vencendo diariamente? Saibas que também és uma Guerreira!

2. Memórias de minha infância

Eu estava brincando no quintal, correndo atrás de um pintinho; ele apareceu como mágica atrás de um botijão de gás que minha mãe comprou daqueles caminhões que tocavam um sino ao passar de rua em rua, avisando da sua chegada.

Morávamos eu, minha irmã mais velha e a caçula, meus pais e minha vó paterna. Era na cidade de Rondonópolis, no estado de Mato Grosso; recém começava frequentar a escola da educação infantil, tinha uns três anos de idade, mas me lembro bem de três fatos que vivi naquela época.

O primeiro era que todos os dias íamos para escola, eu e minha irmã mais velha. A mamãe fazia um lanche com pão delicioso e minha avó sempre dava um dinheiro para comprar lanche e doces na escola. Como eu queria uma bicicleta e todos já falavam histórias sobre economizar para comprar coisas que desejavam, comecei a guardar o meu, que a vovó dava, embaixo do colchão. Não tinha a menor noção de preços e valores do dinheiro e mesmo assim resolvi poupar.

O segundo é que nas horas vagas sempre brincava com meu pintinho, no quintal; ele crescera rápido demais e todas as vezes que eu chegava da escola não reconhecia meu pintinho, já era um lindo galo depois de alguns meses. Muitas vezes, eu ia até o fundo do quintal e pulava a cerca de arame farpado que dava no rio que cruzava a cidade. Em uma dessas brincadeiras, meu galo correu e sumiu. Procurei por todo lugar e chorava chamando meu amiguinho.

O terceiro aconteceu quando fui até o rio e tomei um grande susto pois vi um jacaré. Para o meu tamanho, ele era um mostro; saí correndo e ao pular a cerca de arame farpado, deixei minha perna esquerda presa no arame e acabei ganhando um rasgo que precisou de 10 pontos e nunca mais fui para o rio brincar; até hoje tenho uma cicatriz que me faz lembrar sempre deste fato.

Sempre perdia meu amiguinho galinho, que eu chamava de Zé. Em um dia chuvoso levei-o para dormir dentro de casa, no banheiro, mas saí correndo, pois tinham vários sapinhos por lá. As pererecas gostam de água, minha mãe dizia que por isso estavam no banheiro, mas para o meu tamanho, pareciam grandes sapos, isso sim. Eu achava minha casa meio assombrada, via as sombras dos sapinhos na parede quando iluminados por velas, pois sempre faltava energia. Ainda hoje lembro dos rangidos das portas e janelas, mas nunca tive medo. Criava histórias e imaginava coisas que pareciam com as contadas por minha professora, na escolinha.

Mais um dia lá estava eu, novamente, procurando o Zé fujão, procurei e não tive sucesso. Na manhã seguinte ouvi conversa de meus pais e eles não me viram; disseram que a canja da noite anterior foi feita utilizando meu amiguinho Zé, pois estavam sem dinheiro para comprar mistura. Chorei três dias antes de dizer que eu sabia que meu amiguinho tinha virado sopa.

Desenhava meu galinho todos os dias, para não esquecer de nossas brincadeiras e momentos juntos. Fiz ele atrás do botijão de gás, no banheiro com os sapinhos e até na panela, quando já era uma canja.

Minha mãe via meu sofrimento e sentida sempre tentava me entreter; brincava, desenhava e até me ensinava a cozinhar em latinhas de goiabadas, com lenha e arroz de verdade. Eu amava brincar de casinha com minha mãe e comíamos as comidas que fazíamos nessas latinhas.

Meu pai sempre queria saber o quanto eu havia guardado embaixo do colchão, se eu já tinha o suficiente para comprar minha bicicleta, mas eu não tinha a menor noção. Pedi à minha vovó para conferir as notas de dinheiro e me contasse se já era o suficiente para realizar meu sonho. Quando ela me disse que dava para comprar até duas, fiquei tão feliz que quis mesmo era ter condições de ter meu galinho, o Zé, de volta. Como não era possível, acabei dando para minha mãe, que eu ouvia à noite falar sempre que tinha que pagar a conta da luz, se não cortavam novamente e que faltava a tal da mistura. Resolvi que não queria ver mais as sombras das pererecas, que mais pareciam sapos, refletidas nas paredes de casa e que nenhum dos nossos amiguinhos fosse para a panela novamente.

E todas as vezes que o caminhão de gás passava, eu imaginava que poderia ter outro pintinho escondido no botijão e voltássemos a correr pelo quintal. O melhor era que o Zé sempre me acordava com seu canto matinal e se tornou meu despertador diário... Co co ri cóoooo – escuto sempre seu canto em minhas memórias e peguei o hábito de nunca chegar atrasada em nenhum compromisso.

Memórias de minha infância, agora, neste pequeno relato e impresso nos livros, eternizadas para sempre.

MARRA CALVIS *é o nome literário de Lucimara de Oliveira Calvis. É escritora Infantil, de Campo Grande-MS. Doutoranda em Desenvolvimento Local. Mestre em Educação, Membro da União Brasileira de Escritores/MS da Academia Feminina de Letras e Artes de Mato Grosso do Sul, da Academia de Letras do Brasil - Seccional de Campo Grande e da Academia Luso-brasileira de Artes e Poesias.*

LUDMILLA BRAGA MOURA

1. O multiverso do caminho da vida

Esses dias terminei um livro que retratava os rumos que a vida pode tomar a partir de uma decisão. O que seria se por acaso você escolhesse outro rumo para tomar em algum momento da sua vida?

Num mundo onde o tema do "multiverso" está em alta, fica difícil acreditar na temática greco-clássica onde o caminho do destino é um só, impossível de ser mudado, impossível de ser abalado. "Édipo Rei" me ensinou que esse é o caminho da vida, mas a vivência fez questão de ensinar que não é assim que acontece na realidade.

Já faz muito tempo que estudos científicos vêm focando nesse tema. O que aconteceria se você tomasse outra decisão? A teoria de que universos são criados a cada vez que nos deparamos com uma bifurcação e decidimos para qual lado ir, outro "você" de algum outro universo toma a decisão oposta. Gosto de acreditar nisso.

A vida não é um livro onde a história já foi escrita e que devemos seguir o caminho das linhas tingidas em um papel. A vida é uma folha em branco, sua história é escrita por você, a cada capítulo existe um recomeço e o rumo da narrativa somos nós que decidimos. Nós que pegamos a caneta e escrevemos para que lado queremos ir e o que desejamos com essa decisão.

Talvez exista uma sensação angustiante de querer voltar no tempo e fazer tudo de novo de um jeito completamente diferente, tomando o outro caminho daquela bifurcação, mas, até pela própria ciência, a viagem no tempo só seria possível para o futuro, nunca para o passado, onde a história já está manchada a partir da caneta que escreve na folha em branco.

Por mais que isso aconteça, o destino com certeza não é certo, a história não está pronta só esperando você segui-la. Tudo pode mudar, novas bifurcações virão e, com elas, angústias ou contentamentos.

E se existem ou não outros universos? Difícil dizer! Mas o importante é esse e é agora. Num caminho da vida onde você escolher viver!

2. Carta aberta ao silêncio

Desde pequena eu me conheço como uma pessoa que tem uma facilidade enorme para falar, nunca deixa um assunto morrer e se isso acontecer, não tem dificuldade de recomeçar, porque se existe uma coisa que me assusta é o silêncio.

O silêncio é como um espaço vazio, completamente escuro, sem nada. Só existe você e seus pensamentos, o que dá espaço para mil e um tipos de reflexões que são indesejáveis para o momento e o mundo real passa a ser apenas um plano de fundo para as milhares de ideias flutuando pela cabeça.

O silêncio é como o aprendizado na visão de Piaget. Após sair da zona de conforto para um estágio de silêncio total, pensamentos instrutivos invadem a mente e sua única saída é lidar com eles até chegar a uma fase de equilíbrio novamente.

Por outro lado, momentos completamente quietos são a chave para o autoconhecimento. Afundar-se nas profundezas do "eu" e conseguir se compreender como pessoa é um processo muito difícil, mas diante da paz sonora com certeza faz do momento algo mais tranquilo....

Querido silêncio, eu costumo jogar a culpa toda em você. Sinto que em todos os momentos que estamos nós dois sozinhos, lado a lado, sua fonte de energia é me ver corroendo com seu poder de me jogar no fundo da minha mente. Com você eu me sinto em uma festa cheia de gente desconhecida e tudo o que eu quero é sair dali. Junto de você eu me sinto uma espectadora, vendo de fora o que acontece dentro da minha cabeça, sem entender de forma 100% concreta o que o roteirista queria dizer. Eu só gostaria que você saísse daqui.

Às vezes eu só quero entender o porquê faz isso comigo, mas você simplesmente nunca diz nada.

Querido silêncio, há alguns anos eu parei de ignorá-lo. Escutar o que você diz pode até ser doloroso de início, mas eu aprendi a lidar com isso, respondendo suas perguntas com outras perguntas. É impossível tentar preenchê-lo, afinal de contas, você é o silêncio. Sua função é plantar aquele espaço escuro no mundo físico, para deixar cheio o espaço mental e de repente passar horas com você já não é mais torturante. De repente, passar horas com você chega até ser reconfortante.

Querido silêncio, sinto muito ter te odiado por tanto tempo. Não que eu goste de andar de mãos dadas com você o tempo todo, mas a sua companhia é agradável às vezes. Eu posso não ser a sua maior fã, mas definitivamente entendo seu potencial.

Querido silencio, nunca conheci ninguém com tanta a coisa pra me dizer quanto você.

LUDMILLA BRAGA MOURA, *de Campo Grande, no Estado de Mato Grosso do Sul. Acadêmica do curso de Medicina da Universidade para o Desenvolvimento da Região do Pantanal (UNIDERP). Ficcionista. Fluente em inglês pela Cambridge Assessment.*

MARCOS MOURA

1. Minha especialidade é outra

Quinze anos sob os meus cuidados. Este era o tempo que Maria das Dores fazia tratamento psiquiátrico comigo. Comecei a tratá-la quando a AIDS era quase uma sentença de morte e Maria das Dores, casada, no início de seu tratamento, fazia cinco anos com um homem dez anos mais velho, ex-seminarista e indiscutivelmente fiel.

Ia semanalmente às consultas e só falava na tal da síndrome da imunodeficiência adquirida. Eu já não suportava mais, já achava também que tinha contraído a maldita doença. Foi quando resolvi passar as consultas de Maria das Dores para quinzenais. Os sintomas se mantinham e eu cada vez mais inculcado. Os quinze dias sem vê-la não aliviavam meu sofrimento, daí passei a agendar-lhe atendimentos mensais. Pela gravidade do seu quadro, era o máximo de espaço que eu deveria manter das consultas, mais que isso não seria ético, nem técnico, nem terapêutico. O caso era grave e eu precisava atender Maria das Dores pelo menos a cada trinta dias.

Em toda consulta, ela me trazia um ou dois exames, todos negativos para HIV e me explicava por que havia feito tanto exame.

— Sabe como é doutor, eu já andei lendo e sei que o vírus se esconde dentro das células e por isso não é detectado em qualquer exame, é preciso fazer vários.

Depois de um tempo, comecei a ver que eu estava fazendo mais exames do que devia. Já não sabia mais se me preocupava com ela ou comigo. Resolvi então conversar com um colega de profissão, da mesma especialidade, como todo médico quando conversa com um amigo sobre si, inventando uma história. Comentei:

— Colega eu tenho uma paciente que pôs na cabeça que tem AIDS e faz um exame atrás do outro, mas o pior é que o marido dela já está começando a fazer mais exames do que necessário. Como você trataria um caso desses?

Ele me respondeu:

— É sério! Se o número de exames que ele vem fazendo está crescendo ao longo do tempo, ele corre o risco de ficar tão louco quanto ela.

É verdade, acho que eu já estava enlouquecendo, já sentia o bichinho nadando no meu sangue e me via precisando tomar remédio para dormir, porque o sono ia embora enquanto eu pensava na doença que eu havia adquirido.

Maria das Dores, não satisfeita com os exames locais, foi a São Paulo fazer o bendito teste no laboratório mais conceituado do Brasil e continuava negativo. Ela, porém, não acreditava em nenhum resultado obtido. Certo dia foi internada devido a um quadro de pneumonia e o clínico que a tratou, chamou-me para dar-lhe o suporte psiquiátrico durante a internação, porque ela não tirava da cabeça que estava vivendo seus últimos dias em decorrência de uma infecção respiratória por causa da AIDS. Se o clínico não aguentou por sete dias, imaginem a mim, tendo que conviver com isso já por quase quinze anos.

Estávamos praticamente debutando, quando a família me chamou para uma consulta domiciliar, porque Maria das Dores há duas semanas não falava mais em AIDS, porém se recusava a sair de seu quarto e lá permanecia trancada já há alguns dias.

Cheguei até lá, confesso, visivelmente apreensivo, talvez a infecção houvesse agravado e me invadia um certo temor de ser contaminado pelo tal HIV. Bati à porta de seu quarto, identifiquei-me, e ela, mesmo relutante, abriu-a, permitindo-me entrar. A seu pedido mantive distância, enquanto me falou:

— Para o seu bem, não se aproxime de mim, estou muito mal.

Foi quando eu lhe disse mais uma vez que mesmo que ela tivesse AIDS, hoje já se tem medicamentos modernos que evitam a morte dos portadores dessa enfermidade. Então ela me respondeu com outra pergunta:

— Quem falou em AIDS?

Era um diálogo sem respostas, apenas perguntas. Foi quando mais uma vez questionei:

— E não é AIDS?

Veio então a resposta, primeira, única e inesperada:

— Claro que não doutor, é COVID-19 e é melhor o senhor não se demorar aqui para não ser contaminado.

E foi o que fiz. Saí do quarto, fui até a sala, tirei um cartão do bolso e falei com a família:

— Da minha parte, ela está curada. Procurem esse colega para continuar um novo tratamento.

— Mas, doutor - eles perguntaram - o senhor não vai mais tratá-la?

— Não posso, disse eu. Esta é uma doença nova com a qual não tenho nenhuma experiência. Já sou *expert* em AIDS, mas ignorante em COVID-19.

Depois disso, minha vida mudou, tenho feito bem menos exames para AIDS e um teste rápido ou outro para COVID-19, Graças a Deus. Ah, ia esquecendo, ainda tomo remédio para dormir.

2. Zé do Bode

Pouca gente conhece a história do Zé do Bode. Todos sabem apenas que era o José Matias, que tinha um bode. Pois bem, vou contar a história de José e porque ele ficou conhecido como Zé do Bode.

José Matias, um filho de retirantes, que nasceu e cresceu num pedaço de terra no sertão nordestino, na divisa do Ceará com a Paraíba, nem sabia se era um cabra arretado de cabeça redonda ou um cabra macho de cabeça comprida, só tinha certeza de que era um legítimo nordestino. E como todo cabra do nordeste brasileiro, desde cedo ganhou seu próprio bode. Tornou-se proprietário do bicho quando completou quatorze anos de idade e onde ia levava o animal, pôs até nome no ruminante, Feioso.

Quando José completou a maioridade passou a ter permissão de seu pai para caçar e pescar sozinho. O que não era tarefa fácil em todo sertão nordestino, onde havia escassez de água, fauna e flora. Mas, até para essas missões, mesmo quando José ia caatinga adentro, tinha companhia do bicho. Saíam antes do sol raiar e retornavam antes do anoitecer. O rapaz tomava café antes de deixar a casa e transportava consigo sua refeição do meio-dia. Para o companheiro de viagem não precisava levar nada, vez que o que comia estava no caminho. Se bem que por ocasião da volta da caça ou pesca, Feioso ganhava feno fresquinho e ração que ele adorava. Na verdade, isso era oferecido a ele todos os dias no final da tarde.

Certa vez, como de costume, José saiu para caçar. Era um sábado e na noite anterior disse a seus pais que traria algo especial para o almoço de domingo. Às cinco horas da tarde, pontualmente, Feioso chegou à casa sozinho para o espanto de Seu Chico, Dona Maria e Pedro, o irmão mais novo de José. O bode veio louco de vontade de comer aquele prato do final da tarde, enquanto seu Chico queria saber o que havia acontecido ao filho. A preocupação era tanta que ele pegou o bicho e quis forçá-lo a ir atrás do filho, como se pedisse ao ruminante que o orientasse. O bicho se aborreceu e não pretendia sair de casa, queria mesmo era sua comida de todo dia. Seu Chico percebendo isso, resolveu dar a comida e em seguida foi arrastando Feioso à procura do filho, ajudado por Pedro.

Seguiu um caminho por intuição, pois o bicho ia contrariado. Em certo ponto, já com o cair da noite, ouviu José a pedir socorro. Encontrou-o com a perna quebrada e o rapaz contou ao pai que a fratura teria ocorrido ao cair de um arbusto, em que subiu para avistar alguma caça. Disse que se arrastara o que pode e que até certa hora o companheiro se manteve por perto, mas, de repente, disparou em direção a casa - exatamente na hora da sua refeição predileta. Pois é, José foi resgatado, levado ao pronto-socorro, teve a perna imobilizada, voltou para casa, desculpou-se por não ter cumprido a promessa de levar o almoço de domingo e ficou um mês só andando de muletas.

Enquanto isso, na cidade, só se falava do heroísmo do bode, que na verdade tinha mesmo era traído o dono. O certo é que a história foi contada assim: José se acidentou e não conseguia andar. Então o bicho correu até a casa e aos berros chamou seu Chico, que entendeu que algo havia acontecido ao filho. De pronto, convocou Pedro e seguiram o animal que os levou direitinho ao rapaz caído no meio da caatinga. Diziam inclusive que o ruminante deixou a comida de lado para socorrer o dono, era um herói de verdade e José um mero figurante. Por isso, na cidade só se falava no Bode do Zé, mas quando o assunto era o dono do bicho, ninguém lembrava de José Matias, era apenas Zé do Bode.

MARCOS ESTEVÃO DOS SANTOS MOURA, médico psiquiatra, poeta, romancista, contista. Membro da Academia Sul-mato-grossense de Letras. Membro da União Brasileira de Escritores (UBE/MS). Autor de 06 livros e participação em diversas Coletâneas literárias.

MARIA CARLOTO NANTES

1. Igual a cão e gato

Somos três irmãos, a diferença de idade entre nós é de quatro anos. Fabiano, o mais velho, Marcia, a caçula e, lógico, eu tinha que ser a filha do meio, não poderia ser diferente. Sem dúvidas, Fabiano e eu éramos os mais arteiros, a Marcia ia no embalo.

Apesar de ser menina, fui criada como moleque, e exercia o meu papel com maestria, até na hora das molecagens, que eram punidas pelo nosso pai com rigor exemplar.

Lá em casa o cinto cantava quase todos os dias. Quando não era um, era o outro, até parecia rodízio, e não raramente apanhavam os três juntos só para um não tirar sarro do outro. Mas devo consignar que não éramos malvados, éramos atentados, e até os animais entravam no rolo, como uma vez em que apanhamos com um gato.

Eu devia ter uns oito ou nove anos de idade e o Fabiano seus 12 anos. Provavelmente, quem ler esta história para outros ou para si mesmo já sabia do autor por conhecer outros livros de Deonísio da Silva ou suas colunas no barbeiro, no cabeleireiro, em salas de espera. Ou por ter ouvido suas colunas de rádio. Autor de cerca de quarenta livros, "um para cada ano no deserto", ele tem a experiência do menino e do aluno que um dia foi. Professor, escritor, pai e avô, nessa ordem, ele diz que gosta muito é de ser ouvinte de livros e leitor, desde que foi alfabetizado por dona Edite Zanatta, em Jacinto Machado (SC): 'A letra A é uma abelhinha', a professora normalista lhe ensinou. Era só o começo da longa estrada da vida: a letra A esconde um boi; a letra B, uma casa. E a letra C encobre um camelo. A bicharada parece brincar de esconde-esconde neste alfabeto. Um cachorro vira-lata de médio porte, amarelo, chamado Lobo, que sempre participava das nossas brincadeiras, e um papagaio recém-chegado, que ganhei da minha avó e que está vivo até hoje, mas isso é assunto para um outro causo.

Éramos mestres em inventar brincadeiras em que o final era sempre o mesmo: alguém se machucava e todos apanhavam. Dessa vez a brincadeira consistia em uma competição, eu e o Lobo contra o Fabiano e um gato preto que sei lá de onde apareceu. Eu segurava o Lobo de frente para o Fabiano, que segurava o gato. Perdia quem soltasse o animal primeiro.

Virou uma algazarra, era cachorro latindo, gato miando, papagaio gritando e meu pai avisando: para com isso!

E a aposta continuava, foram alguns poucos minutos, que se transformaram em lição para uma vida toda.

Nenhum de nós se rendeu. Ninguém queria perder, os animais continuavam com a gritaria e, na terceira vez que meu pai passou por nós, sabíamos que não havia mais escapatória, não deu tempo sequer de soltarmos os bichos.

O pai pegou o gato pelas pernas e deu com ele no meu irmão, no cachorro e em mim. Quando ele soltou o gato, que certamente estava atordoado, pois nem conseguiu correr, arrancou o cinto e deu uma lambada em cada um, no Fabiano, no cachorro, no gato e em mim. O papagaio só não levou também porque estava preso na gaiola.

Daquele dia tirei uma importante lição para a vida: "quem briga com cão apanha com gato".

2. Inocência

Esses dias me peguei lembrando de quando eu era criança. Lembro-me com clareza de situações ocorridas antes dos meus sete anos de idade; são lembranças vívidas em minha memória e por uma situação tenho especial apreço, pois foi através dela que quase virei anjo e fui direto para o céu.

Eu explico.

Venho de uma família católica; meus pais nos levavam à missa todos os domingos. Lá, sentada ao lado deles e dos meus dois irmãos, eu ficava uma grande parte do tempo olhado para aquele homem pregado naquela cruz e, em pensamento, eu prometia para Ele que um dia eu o tiraria de lá.

Minha imaginação já era bem fértil naquela idade.

Lembro que até completar sete anos eu possuía algumas regalias, por exemplo: o pai permitia que na Sexta-Feira Santa eu comesse carne, pois, apesar se sermos cristãos, segundo ele, até os sete anos a criança era inocente, não tinha pecado, tanto que se morresse antes dessa idade não passaria pelo purgatório, era conduzida por nossa Senhora, diretamente até o céu.

Lembro perfeitamente até dos pensamentos que tive naquele fatídico dia. Eu estava angustiada, pois depois do dia 06/12/1987 eu passaria a ser pecadora e não iria mais direto para o céu; eu ficaria no purgatório esperando para ser julgada, o que não era nada bom, já que desde cedo eu já acumulava pecadinhos, uma vez que não conseguia passar um único dia sem aprontar uma arte que fosse. Além do mais, eu não poderia mais comer carne nos dias santos, e até aquele momento a minha promessa de resgatar Cristo da Cruz não havia sido cumprida. Eu precisava fazer algo, aquele era o grande dia, o último dia, minha única chance.

Não tinha jeito, ou eu morria antes do dia 6 de dezembro acabar, ou ganharia passagem direta para o inferno.

Bolei um plano: coloquei meu vestido branco de ir à missa, vesti meus sapatinhos e saí de casa sem ser vista. Nós morávamos em uma pequena casa dentro da madeireira do meu pai, que ficava em uma esquina. Na frente passava uma avenida movimentada, nos fundos, uma rua sem asfalto.

Depois de passar despercebida por todos, cheguei à rua dos fundos, aquela sem asfalto, e me deitei no meio da rua. Arrumei o vestido, fiz o sinal da cruz e comecei a rezar. Sempre que eu tinha medo de algo meu pai falava: reza para o anjo da guarda que passa.

Com os olhos fechados, rezava pedindo à Nossa Senhora que viesse me buscar.

De repente ouvi o chamado, uma voz chamava meu nome: Maria, Maria. Eram os anjos vindo me buscar, me chamando, senti que estava sendo chamada para o céu. Pelo barulho daquilo que acreditei serem trombetas, os anjos estavam em festa, me chamando, e eu senti uma força me puxar para cima, minha alma queria descolar do meu pequeno corpo. A força foi tamanha que abri os olhos e tive a certeza de que ainda estava viva. Pior, a força era meu pai. Eu estava longe de chegar ao céu e, para falar a verdade, naquele momento até o purgatório seria uma opção melhor do que ser salva pelo meu pai.

Aquele dia eu apanhei com gosto. Mesmo sendo inocente aos olhos de Deus, segundo os ensinamentos do meu pai, eu apanhei, pois ninguém entendeu que eu só queria morrer para ir para o céu.

3. Naturalmente

Nem tudo aquilo que é natural para algumas mulheres é natural para mim. Ou talvez aquilo que seja tão natural para mim não o seja para as outras. Enfim.

No início, agosto se arrastava tornando o inverno uma eternidade. Durante anos foi assim: dias gélidos e ventos que pareciam sussurrar maldições em meus ouvidos.

O tempo se movimenta diferente no relógio da minha térrea existência, e eu sempre tive pressa, sei lá de que. A maternidade inaugurou a fase adulta; a mãe do corpo há muito descansava em meu ventre, e minha cria, agora adulta, rompera o cordão umbilical ao nascer.

A vida vai passando a passos largos, e os ventos mudam de direção.

Enquanto saboreio meu café, sentada na copa da casa, observo, através da grande janela branca com vitrais coloridos, a velha jabuticabeira, imponente.

Em seu caule, entre as folhas verdes, pequenas flores brancas misturam-se às saborosas pérolas negras que atraem os periquitos, canários, sabiás e por vezes papagaios que, enquanto se deliciam com as frutas, fazem festa! O canto dos pássaros passou a imprimir melodia às alvoradas quentes de março.

E foi em uma dessas manhãs, enquanto regava as flores do jardim, que o encontrei: estava ali em minha frente, apontando em direção ao sol, que tocava delicadamente suas folhas.

Floresceu junto com as orquídeas, com o tempo. No seu tempo.

E quando o pendão saltou para o mundo, trouxe a lume botões desajeitados, mas que eram bonitos e exalavam um perfume matinal inconfundível; e não demorou muito até que ele percebesse que podia andar e passasse a desvendar os mistérios do nosso quintal.

Em sobressalto, percebi que meu ventre permanecia vazio como sempre, meu corpo não sofrera as modificações próprias da gestação, meus seios não alimentaram, mas eu estava em pleno puerpério.

4. Presente de Ano Novo

Era véspera de Ano Novo em Nova Iorque. 2019 se aproximava, trazendo consigo aquela que seria considerada a maior nevasca dos últimos anos. Ainda assim, milhares de pessoas transitavam pelas ruas; o *Central Park*, coberto pela neve, se transformava em estação de esqui, com crianças e adultos em seus trenós, com o perfume delicioso das castanhas e nozes vendidas nas esquinas e sem esquecer da decoração da fachada das lojas, que são um *show* à parte.

Aqui é importante registrar que Max, na época meu namorado, dominava a língua local (pelo menos ele acreditava nisso). Já eu, naquele exato dia, me arrependi amargamente por ter cabulado as aulas de inglês durante o ensino médio.

Minha grande sorte é o fato de fazer a leitura corporal das pessoas e, apesar de ser muito tímida, tenho uma impressionante cara de pau.

Pois bem. Os flocos de neve enfeitavam as ruas, o clima natalino contagiava a todos e nós dois nos misturávamos à grande multidão de pessoas que entravam e saíam das lojas.

E lá estávamos nós, entrando na famosa joalheria *Tiffany*. A porta foi aberta por um senhor alto, em um terno preto e ostentando um sorriso que ia de orelha a orelha; ali tudo era diferente: a temperatura, a luz, o cheiro, o som, tudo, absolutamente tudo.

As bancadas espalhadas pelos diversos andares da grande loja acomodavam delicadamente as joias, que eram de todas as formas, desde peças mais simples até os belíssimos diamantes. E eu admirava tudo, despretensiosamente, até o Max me perguntar o que eu gostaria de ganhar de presente de Ano Novo.

Limitei-me a responder que gostaria de ter um pingente para minha corrente, e que o pingente em forma de chave me agradava.

Nós nos dirigimos então até uma vendedora, que se apresentou como Ana e gentilmente nos acompanhou até o expositor onde as peças estavam. Para minha surpresa, eram centenas de pingentes em forma de chave. Mas não demorou muito até que eu escolhesse o meu, discreto, em ouro rose.

Partimos então para o mais importante, o valor. Max conversava com a vendedora Ana e eu apenas observava, atenta. A moça informou o valor, que, juro, não entendi, mas acredito que tenha sido algo muito barato porque no mesmo instante, surpreso e sorridente, ele me perguntou se eu não gostaria de levar dois?

Antes que eu perguntasse o que eu faria com dois pingentes em forma de chave, a vendedora interrompeu meu raciocínio, e só entendi o fim da frase; ela estava nos oferecendo champanhe (era mais ou menos 10 horas da manhã). Achei que não seria de bom tom recusar, balancei rapidamente a cabeça em sinal de concordância e passei a me achar fluente na língua.

E, como eu disse anteriormente, lá dentro tudo era diferente, tão diferente que brotou em minha frente um homem enorme, portando uma bandeja com duas taças e uma garrafa de champanhe. Apossei-me de minha taça e, junto com o primeiro gole, escolhi o segundo pingente, mesmo achando totalmente desnecessário. Mas como ele fez questão, imaginei que devia estar muito barato e, afinal, a égua dada não se olham os dentes, tudo somado ao fato de que a vendedora demonstrava muita satisfação em nos atender.

Eu já estava na terceira taça quando Ana entregou a máquina de cartão para que Max conferisse o valor, inserisse o cartão de crédito e digitasse a senha.

Naquele instante a expressão facial e o tom de voz dele me disseram que algo não estava certo e, mesmo sem compreender uma única palavra, eu sabia que aquela seria minha última taça de champanhe. Não me fiz de rogada; em um gesto súbito, virei de gargalo o resto do líquido borbulhante e entreguei a taça para o homem com a bandeja, que continuava plantado ao meu lado enquanto Max tentava de todas as formas se desculpar com a vendedora.

Depois de três taças de champanhe, tudo fica meio lento. Lembro-me de sairmos da loja sem nenhum dos pingentes, e o constrangimento dele era visível. Ele gesticulava e me pedia desculpas, pois havia entendido errado o preço da joia.

Eu ria, incontrolavelmente, não sei se pela influência do álcool ou porque me lembrei de uma cena do filme Bonequinha de Luxo, onde *Holly Golightly* (Audrey Hepburn) e *Paul Varjak* (George Peppard) vão até a mesma loja da *Tiffany* e o dinheiro deles não dava para comprar nada.

Assim como *Holly Golightly*, não ganhei o pingente, mas tomei champanhe de graça na *Tiffany* em plena NY.

MARIA CAROLINE BERTOL CARLOTO TRINDADE NANTES, *cronista, poeta, empresária, advogada, coordenadora e professora de Direito Civil, Direito do Consumidor e Ética Jurídica, professora Universitária e coordenadora do Curso de Pós-graduação em Direito Civil e Processo Civil da Faculdade Inspirar-Campo Grande/MS; membro da Escola Judiciaria Eleitoral de Mato Grosso do Sul – EJE, membro da Academia de Direito Processual do Mato Grosso do Sul- ADPMS, membro da Academia Feminina de Letras e Artes de Mato Grosso do Sul.*

1. O seu lugar de existência

E lá estava ela à janela, olhando o nada.

Sim, Leila estava lá, nos altos de seus setenta anos bem ou mal vividos. Mas vividos. Continua olhando o nada, imersa em seus pensamentos, numa espécie de retrospectiva de toda sua existência.

Fora uma criança feliz em meio a muito espaço para brincadeiras. Quando jovem, tornou-se sonhadora, buscou sua independência desde cedo, arranjou empregos em escritórios, depois prestou concurso público em busca de garantias de sobrevivência. Paralelamente, frequentou ateliês de pintura, escola de línguas estrangeiras, complementando sua formação escolar.

Seu grande sonho era o de estudar medicina, queria ser uma grande médica geneticista.

Enquanto isso, conheceu seu amor, com quem se casou formando uma família, pondo a perder seu sonho de ser médica, por imposição do futuro marido.

"Bola pra frente", pensou.

Logo nasceu sua primeira filha e, concomitantemente, sua mãe adoece de câncer incurável. Leila deixou o emprego e cuidou carinhosamente da mãe até sua morte, um ano depois.

"As coisas vão melhorar", pensou ela.

Depois, foi Leila que caiu enferma, acometida por febre reumática e passou por um longo tratamento. Mas sua história só havia começado.

A vida lhe sorriu e outra filha nasceu, enquanto seu pai adoeceu, vindo a falecer dezenove dias após o nascimento de sua segunda filha. Parecia que os céus estavam a lhe dizer:

— Você ganha uma filha e eu lhe tiro um ente querido.

Absorta em seus pensamentos, Leila lembrou dos ensinamentos de Buda, ele afirmou que toda dor resgata o ser humano.

Naquele tempo, vestiu-se de força e de coragem para seguir adiante, quando seu país enfrenta uma grande crise econômica, desemprego e outros males. Ela, o marido e as filhas mudam-se para outro lugar muito distante em busca de novas oportunidades. Em nova cidade, iniciaram nova vida. Ali ela construiu sua carreira, a de professora, quando no meio do caminho viu seu casamento ruir, o marido ser atraído para a casa de uma amante e a ela restou a incumbência de criar suas filhas sozinha.

Só ela e Deus souberam as dores do abandono, da necessidade, do apoio, dos cuidados que merecia receber. Mas ela sim, se desdobrou a dar cuidados, carinho, segurança, suprir lacunas, enfim, mergulhou no seu propósito de vencer.

Nessa altura dos acontecimentos, Leila percebeu que deixara de sonhar, como nos velhos tempos de juventude. Criou e formou as filhas na universidade, estava feliz por isso.

Seu primeiro neto chegou cedo, deu mil voltas e cambalhotas para enfrentar a nova situação de ser avó, dar apoio, carinho, sustentação.

✡✡✡

Ela continuava ali à janela olhando o nada...

Ainda envolvida em seus pensamentos, sabia que havia mudado enquanto pessoa, porque o acaso, durante muito tempo, foi lhe trazendo várias dificuldades e todas elas precisaram ser resolvidas. Seu foco foi mudando conforme os problemas apareciam, numa espécie de busca de uma alquimia interna. Afinal, esta é a magia da vida, dominar a si mesma.

Lembrou-se de uma frase de Sêneca: "Você tem que descarregar o peso em seu espírito. Até que você faça isso, nenhum lugar irá satisfazer você". Então, qual foi o seu lugar?

Percorreu sua mente, continuou a se lembrar do quanto trabalhou para alcançar um lugar ao sol, tornar-se uma pessoa pública, destacada em seu meio e homenageada uma centena de vezes.

Se ela teve firmeza para enfrentar os obstáculos, deduziu que passou por um processo de vida focado na persistência, superando emoções que nada contribuíam em momentos difíceis. Nunca desistiu, apesar de muitas vezes ter pensado nisso, mas persistiu.

✡✡✡

Onde está o seu lugar?

Outros obstáculos apareceram...

Lidou com a instabilidade emocional de sua primeira filha, que ao longo dos anos foi interferindo na vida diária familiar. O primeiro neto formou família e, há poucos anos, seu bisneto nascera. Outro pesadelo se instalou em sua vida, a filha judicialmente clamou para si a criação daquela criança, alegando aberrações perante a justiça. Pronto, estava feito. Com suas garras de advogada conseguiu retirar a criança dos pais e tomá-lo para si. Durante anos o processo se arrasta e parece não ter fim.

Somando-se ao imbróglio processual, também ela, Leila, recebeu um processo judicial da própria filha, penoso, doendo dentro de sua alma.

✡✡✡

Qual é o seu lugar de existência neste mundo? Perguntava-se num grito sufocante em seu pensamento.

Continuava ali parada, diante da janela, olhando e pensando sobre o desfecho de sua vida. Os últimos acontecimentos parecem indicar que só terá paz quando se for deste mundo, até lá sua filha desejará massacrar seu espírito, pela incapacidade que tem de conduzir sua própria vida, sem molestar outras pessoas.

Leila chega à conclusão de que seu lugar sempre foi o de mediadora de situações, usando o amor para ultrapassar barreiras. Em algumas ocasiões não deu conta de lograr êxito, a vida é mais pesada e o ser humano mais complexo do que se imagina.

Como outrora, pensou - "bola pra frente" mais uma vez. Há gente boa em meio a demônios.

Volta-se para o interior da casa, dá alguns passos, pega o seu retrato de família e diz para si mesma:

— Não ficarei aqui nesse mesmo lugar onde cheguei, um lugar doído, machucado. Problemas sempre existirão, mas meu lugar é mais bonito, onde o amor supera a dor.

Leila, então, decidiu partir ao encontro de quem lhe faz sorrir e lhe dá espaço para viver seus últimos dias.

2. Vidro encantado e fantasias da mente

A criança foi para a cama mais cedo.

Com a chuva que caía lá fora, era impossível brincar na rua com as demais crianças.

Cidadezinha pacata, a família sem grandes recursos não presenteava a infância com brinquedos industrializados. A criança construía seus próprios brinquedos com latas, retalhos e outros objetos.

Mas naquela noite, uma vez que o sono custava a chegar, a mãe propôs olhar os vidros do seu jogo de garrafa licoreira trabalhada, que ganhara no dia do casamento.

Além da garrafa havia seis copos minúsculos, todas as peças na cor rosa. A mãe julgava ser de cristal, ledo engano, era de vidro.

— Que lindo! disse a criança admirada com a possibilidade de brincar com as peças de estimação da mãe.

Era uma proposta para ocasiões especiais — pegar cada peça e colocá-la próxima a um olho, fechando o outro, e olhar contra a luz da lâmpada que pendia do teto.

Um universo fantástico se descortinava e, a cada movimento da peça, novos universos se abriam. Raios multicoloridos, formas abstratas e transparentes reluzem diante dos olhos atentos da criança.

— Por que tem essas luzes coloridas lá dento? Às vezes parecem bailarinas! Perguntou a criança à mãe.

Ao que ela respondeu:

— Eu não entendo dessas coisas, mas já ouvi dizer que na fabricação do vidro, o vidreiro usa várias substâncias que podem dar essa reação quando a luz lhe atravessa.

Ali, pelas lentes do vidro de cor rosa, a criança viu desfilar todos os personagens que conhecia da história do Bambi, do Lobo, do Pinóquio, dos caçadores da floresta. Encontrou outros que não faziam sentido para ela, porque seus medos e suas fantasias estavam presentes na leitura daquelas imagens, magicamente projetadas pela ação da luz sobre o vidro.

A brincadeira estava ótima, quando se ouve um forte estampido. Um raio caiu bem próximo, atingindo o poste e a energia desapareceu. Tudo ficou às escuras.

Então a criança entristeceu, sem a luz não haveria a brincadeira de olhar por entre os feixes luminosos, que brotavam daquelas minúsculas peças encantadoras de vidro.

Foi quando sua mãe propôs um novo jogo, agora à luz de vela — o jogo do faz de conta. Com gestos delicados cruzou os punhos e balançou as mãos como se fora o movimentar de um par de asas.

— Faz de conta que nossas mãos são pássaros, quando se projetam em sombras na parede mediante a luz da vela, dizia a mãe explicando à criança.

— Que legal, mamãe! Exclamou a criança, querendo ver outras possibilidades.

Ao mesmo tempo ia repetindo os gestos da mãe e, para sua surpresa, a cada movimento ou posição das mãos apareciam outros animais e fantasmas. Assim fizeram até cansar.

Não há como negar que o jogo de luz e sombra tem sua poesia tanto para a criança, como para o adulto. É encantador para quem brinca perceber formas e sensações, ativando o imaginário.

Num dado momento, a criança se viu diante do desafio de usar também o corpo para projetar as imagens, momento em que sua mãe recomendou:

— Para essa sombra você precisa ir mais para a frente e se aventurar...

Assim fez a criança e foi cada vez mais para a frente, mais e mais até se ver diante de um precipício. Um gesto a mais, ela cairia no abismo.

— Como eu vim parar aqui? Gritou a criança estendendo os braços.

Neste momento, acordei transpirando e tremendo de medo. Percebi que adormeci lembrando minha doce infância e em seguida sonhei que gesticulava sombras projetadas na parede, ao lado de minha linda mãe que já se foi deste mundo há muitas décadas. Que saudades de você, minha querida mãe, que sabia, como ninguém, inventar brincadeiras divertidas para passar o tempo. Um tempo que não volta mais.

MARLEI SIGRIST *é Mestre em Educação; Membro da AFLAMS-Academia Feminina de Letras e Artes de MS; da Rede Folkcom de Comunicação no Brasil; da IO-V-International Organization of Folk Art; da CSMFL-Comissão Sul-Mato-Grossense de Folclore e Associada Emérita do IHGMS-Instituto Histórico e Geográfico de MS. Prof. Adjunta Aposentada da UFMS-Universidade Federal de MS. Embaixadora da Paz pelo Cercle Universel des Ambassadeurs de la Paix. Assina e desenvolve projetos culturais no Brasil e em intercâmbio com a América Latina. Publica livros; publica contos, crônicas e artigos acadêmicos sobre Cultura Popular em revistas especializadas. Organizadora da Revista Digital Estação Folclore.*

MARTA ALBUQUERQUE

1. Assassinato

Era Carnaval, e eu sou apaixonada por essa festa. Mas tem que ter fantasia. Elas borbulham minha imaginação entre princesas, guerreiros, *sheiks* e odaliscas. E naquela ocasião eu fui uma índia de pernas e barriga de fora. Um imenso cocar e penas brancas coroavam meus cabelos pretos e muito longos e lisos no alto dos meus 16 anos.

Gostei do que vi no reflexo do espelho quando pintava riscos pretos no meu rosto juvenil de pele perfeita. Estava quase pronta para minha guerra particular. Sorri e fiz uma careta engraçada para mim mesma. Estava feliz pois meu noivo (eu já tinha um noivo) estaria lutando comigo aquela batalha da alegria e descontração.

Nunca, nem nos mais terríveis pesadelos, imaginei o que aconteceria naquela noite.

Meus pais estavam devidamente vestidos de ciganos e lindos. Era uma família perfeita. E eu filha única deles me sentia uma princesa índia, filha daqueles ciganos.

Eu raramente saía sem eles. Eram meus guardiões e minha segurança e eu gostava assim. O mundo era um bom lugar naquela época pra mim. Eu podia ser o que quisesse e tinha a aprovação deles.

Saí da minha oca e, para mim, estava me dirigindo para o centro da aldeia onde dançaríamos a dança da guerra, da chuva, da bem-aventurança e do amor. Ah, o amor! Sempre fui pautada por ele e estava apaixonada pelo homem que seria meu futuro marido quase 10 anos mais velho do que eu. Mas ele era o protótipo perfeito da masculinidade e eu estava plenamente encantada.

Os braços e pernas fortes e musculosas atiçavam minha libido e minha imaginação. Sonhava em ser literalmente agarrada como uma indígena no mato dos nossos desejos, porém a censura colocada em mim como um *chip* jamais permitiria qualquer intimidade além do beijo. Outros tempos! Inimaginável no contexto atual. Chega até a ser ridícula essa situação, até porque parece que foi ontem, e realmente não são tantos anos assim. Quarenta anos apenas e tudo se modificou. Laços foram afrouxados, comportamentos liberados e proibições jogadas por terra. Alguns, ainda bem, outros nem tanto.

Chegamos ao clube da cidade que estava completamente lotado em uma profusão de cores das roupas, confetes e serpentinas. A música era um batuque que convidava seu corpo a mexer com força e ritmo.

Procuramos nossa mesa que era longa e dividida com outras famílias de amigos. Entre risadas nos sentamos e eu caí nos braços do meu amado. Brincamos e dançamos abraçados o que nos proporcionava uma intimidade tão desejada e tão proibida. Cada toque antecipava o que viria após o véu.

Lá pelas tantas voltamos à mesa e sentei-me entre minha mãe e um primo já com a idade do meu pai. Ele também estava ali levando os seus filhos e uma sobrinha que só poderia participar se fosse levada por alguém responsável, no caso ele. A moça namorava um rapaz e não tinha permissão de sair só. E obedecíamos. Inacreditável hoje.

Meu noivo foi buscar bebidas para todos junto com meu pai, para refrescar nossos corpos e matar nossa sede. O barulho não nos permitia conversas e eu passei a observar as pessoas dançando, se abraçando, rindo e sendo feliz.

Então vejo o casal de namorados, aquele que a moça foi levada pelo primo sentado ao meu lado, vindo abraçado, mas não sorrindo. Meus olhos se fixaram neles desde ao longe entre aquela multidão de corpos suados, e os acompanhou até que pararam em frente a nossa mesa. Os olhos dele estavam opacos e os dela arregalados e medrosos.

Não deu tempo de outra análise, ele saca um revólver e atira em nossa direção. Pensei que fosse uma arma de brinquedo até que naqueles segundos ouço gritos e voltando a cabeça vejo o primo com um fio de sangue saindo de um orifício em sua testa. Como ele estava sentado ao meu lado, eu pude ver apenas virando o meu pescoço aquela expressão de surpresa talvez, os olhos estavam abertos, então me senti levantada, literalmente arrancada da cadeira. Estava nos ombros do meu noivo enquanto ele abria caminho entre a multidão enlouquecida pela fuga. No palco os instrumentos estavam sozinhos e espalhados, e gritos substituíram a música.

Depois, já em casa e assustados, especulávamos o que teria acontecido para tal ato. E minha mãe afagava minha mão ainda amedrontada pela proximidade que a bala passou por mim e acertou outro alguém. Tenho certeza de que agradecia naquele momento.

Até hoje não se tem explicação para o acontecido. Especularam, falaram com pena, com raiva, com dor... mas jamais com algo coerente, até porque não existe coerência na morte.

O rapaz foi embora para algum lugar do mundo após a prisão. Nunca mais se ouviu falar dele, até porque a guerra de mentira que imaginei ao vestir-me de índia foi deflagrada e os filhos do morto prontos para a vingança.

O tempo se encarregou de colocar tudo no seu devido lugar. Menos as mágoas e a dor.

Tudo mudou para aquelas famílias e eu, mera expectadora do ato, estou aqui para relatar o que nunca entendi.

Que Deus nos proteja!

2. Aranha

Sempre havia companhia em casa. Para que eu não me sentisse sozinha meus pais levavam sobrinhos e sobrinhas para ocuparem o lugar do irmão que eu tanto queria. Era um ir e vir de primos que jamais ser filha única me incomodou ou me fez egoísta, pois tinha sempre que dividir meu quarto, meus brinquedos, minhas roupas e o carinho também. Tenho lembranças deliciosas da minha infância e adolescência junto com eles.

Uma prima, alguns anos mais velha do que eu era uma parceira constante, férias escolares eram sempre na minha casa e meus pais a tratavam com amor e cuidado, até porque ela tinha um problema cardíaco congênito. Ela parecia uma boneca. Morena, cabelos lisos e escuros, o narizinho arrebitado e olhos negros e pequenos, o que lhe dava um certo ar malicioso. Tinha uma risada alta e escandalosa. Era magrinha, mas tinha uma voz tão potente que parecia de uma soprano de ópera. Era muito medrosa também. Tinha medo de todos os insetos e ao encontrá-los gritava como louca. E eu morria de rir.

Tinha um crucifixo na cabeceira da minha cama que quando as luzes se apagavam ele brilhava na escuridão em um tom de verde claro. E ela morria de medo dele. Eu como não era desse mundo esperava o quase sono dela para colocá-lo bem perto do seu rosto e fazia uma voz fantasmagórica para que ela gritasse. Toda noite isso se repetia, meus pais levantavam assustados e eu tomava uma bronca, ouvindo: "Ela sofre do coração, não faça isso com ela!" E depois de uma semana de sustos, fui terminantemente proibida de fazê-lo. Acabou minha diversão com a ameaça de uns bons tapas.

Mas minha imaginação não me deixava quieta. O medo dela era minha diversão, e se ela tivesse que ter um ataque teria tido na primeira vez. Esse coração era bem forte, isso sim.

Comendo uma banana em cima da mesa da cozinha comecei a brincar com a casca enquanto minha prima ajudava minha mãe nos quitutes. Ao tentar formar desenhos com a casca, ela tomou inesperadamente a forma de uma aranha, para a minha imaginação, e o diabinho que morava em mim me espetou com seu garfo. Saí sorrateiramente e fui até o quintal, arrumei a tampa de uma lata, coloquei pedrinhas embaixo da casca e tentei formar as pernas da aranha da melhor forma que pude e coloquei para secar ao sol, em cima do muro e no cantinho para que ninguém achasse minha obra de arte.

No outro dia cuidei minha aranha o dia inteiro esperando o momento adequado. Achei entre as linhas da minha mãe um novelo de lã de cor preta. Piquei uma certa quantidade bem picada o que ficou a semelhança de pelos. Com cola da escola prendi aquilo bem na junção da banana transformando o fruto em um estranho animal. Sorria por dentro, antecipando minha diversão.

Esperei o final da tarde e a hora do banho. Tínhamos que estar todas arrumadas quando meu pai chegasse em casa para o jantar. Sempre era eu, a mais nova, a tomar banho primeiro, o que era um saco. Mas naquele dia minha prima foi primeiro e esperei que abrisse o chuveiro pois assim teria certeza de que já estava sem roupa. Requintes de maldade.

Peguei a escada e posicionei na janela do banheiro, mas mesmo assim eu não conseguia ver lá dentro. Isso não era importante. Dois minutos depois de ouvir a água correr, subi com meu feito e joguei o bicho pela janela.

Ouvi um grito longo e cheio de pavor. Tirei rapidamente a escada, coloquei no lugar e fui para a porta do banheiro enquanto minha mãe chegava junto comigo. Batia na porta e chamava por ela.

Silêncio total!

Eu também comecei a bater e chamar e nada. Fui ficando apavorada. Será que tinha matado a criatura de susto? Quando estamos com medo os segundos parecem horas.

Quando eu já estava a ponto de contar pra minha mãe que a culpa era toda minha, e esperando ver um defunto nu, a porta do banheiro se abre e ela sai enrolada na toalha com o bicho na mão. Suspirei aliviada. Estava viva! Eu não era uma assassina.

Fiquei de castigo uma semana toda. Mas vou confessar, valeu a pena!

Aquele grito foi melhor do que qualquer filme de terror.

MARTA ALBUQUERQUE *é escritora, agropecuarista, empresária, administradora de empresas. Já costurou feridas com linha e agulha de costurar pano, já benzeu sem ao menos lembrar da oração, já socorreu gente ferida à bala de revólver, rasgada dos dentes de porco do mato e foi parteira. Rasga a alma e conserta em pontos tão bem cuidados que quase não fica cicatriz. Cirurgiã plástica da própria vida.*

MAX NANTES

1. Lições para a vida

Há momentos que ficam gravados e outros, sua grande maioria, que apenas viram passado. Descobri, com o passar dos anos, que o grande diferencial é atrelado à importância do momento em nosso futuro e nos causos que gostaríamos de ter para contar para os nossos.

Reconheço, sou um abençoado... um privilegiado!

De berço trago estórias de desbravadores, cada um a seu modo. Por parte de pai, filho de peão de fazenda, que chegou à diretoria de um banco e que conciliava suas atividades com pecuária. Por parte de mãe, filha de comerciante, plena de aptidões que reconheço serem exclusivas de mulher: de ser múltipla, ou seja, mãe, dona de casa, escritora, poetisa.

Nesse universo, que para quem olha de longe pode parecer confuso, eu tinha a oportunidade de avançar em várias frentes, desde as coisas da terra até as coisas da alma.

Alimentado, instigado por oportunidades, acredito que, muito além de uma infância feliz, trago comigo uma curiosidade, uma inquietude própria daquele menino que adorava ficar jogando bola.

Por isso mesmo, momentos aparentemente banais ganham relevância para o futuro, como, por exemplo, quando conheci o artista Ilton Silva.

Para quem não conheceu o Ilton, a melhor descrição que consigo dar é a do Urtigão dos desenhos animados. Um homem com a barba grande e não necessariamente bem cuidada, mas era o Ilton.

Estava eu todo arrumado, de terno e gravata, saindo de Campo Grande (MS) para Curitiba (PR) no voo da manhã. Minha intenção era tentar fazer um bate e volta, atendendo uns processos que tramitavam lá. Eis então que entra no avião o matuto, e eu imediatamente pensei: "lógico que ele vai sentar ao meu lado".

Dito e feito, sentou-se. Estava indo para Florianópolis.

O avião começa a taxiar e o pantaneiro gruda as mãos nas alças da cadeira, apreensivo.

Vendo aquela cena, comentei: "calma, velho pantaneiro, o asa dura é seguro".

Ele, assim como quem não estava para muita prosa, respondeu:

— Eu sei, já voei longe!

— Mas então pantaneiro, fica tranquilo. Mas, para onde você voou?

— Pra Nova Iorque!

Eu amo aquela cidade, acredito que o motivo seja o fato de ela ser a melhor representação do caldeirão de situações, oportunidades, culturas que tive o prazer de conhecer! E daí, a curiosidade foi ao extremo.

— Mas o que foi fazer lá?

— Fui expor!

— Expor? Expor o que? O senhor é artista?

— Sim, sou pintor!

— Ah, tá, o senhor deve ter ido na comitiva que recentemente foi montada pelo Governo do Estado para expor a nossa cultura, né?

— Comitiva? Não, eu fui lá sozinho!

— Sozinho? Expor em Nova Iorque? Mas, me desculpa, qual é o seu nome?

— Ilton Silva!

Tive, a partir dali várias oportunidades de estar novamente com o Ilton, figura única, um verdadeiro personagem que confirmou para mim lições que o tempo tenta arrefecer, tal como a de não se julgar um livro pela capa, e a de se permitir aproveitar cada oportunidade, cada momento com a curiosidade de uma criança.

Num verdadeiro ciclo virtuoso, percebo que esses momentos que se transformam em memórias são geralmente vinculados à possibilidade de percepção de que a felicidade se apresenta de tantas formas que basta ficarmos atentos que ela se manifesta.

Noutra oportunidade, estava num Congresso de Direito em Campo Grande (MS) e me incumbiram a missão de cicerонear o Ministro Evandro Lins e Silva. A orientação era simples, atenda ele, se ele pedir para chover, faça chover! E bem antes do filme Tropa de Elite, missão dada é missão cumprida!

Eu era recém-formado, sinceramente não tinha a menor noção de quem era o Ministro Evandro, muito embora já tivesse ouvido a estória do caso Doca Street; mas para mim ele era importante porque era um Ministro.

Agradeço por demais ser em vários momentos ignorante, pois além de não criar expectativas, acabo acessando a pessoa com a curiosidade de quem está desvendando o novo.

Hoje sei que muito além do caso Doca Street, de ser um imortal da Academia Brasileira de Letras, o Ministro do Supremo Tribunal Federal era rábula, ou seja, não tinha formação acadêmica, mas, ainda assim, possuía notável saber jurídico que o conduziu para a Suprema Corte.

Era um artista no congresso; todos queriam chegar perto, cumprimentá-lo, tirar uma foto (não tinha celular naquela época, era foto mesmo), pegar um autógrafo. Era gente para tudo quanto era lado, até que houve um momento de tranquilidade.

Ganhei ali a oportunidade de descobrir o "caminho das pedras", o atalho para o "sucesso" e prontamente disparei a primeira pergunta:

— Então Ministro, eu sou recém-formado! O que eu devo ler?

— Leia tudo, meu jovem!

Eu senti como tivesse levado uma rasteira! Ora, eu era recém-formado, queria festar, namorar, passear e, logicamente, também trabalhar, mas nessa ordem! Eu não poderia ler tudo, mas também não poderia dizer que não iria ler tudo!

Disparei então:

— Começo por onde? Direito Civil, Processo Civil, Constitucional?

— Não, não, leia Machado de Assis, leia Shakespeare!

Interpreto como, "você quer mesmo ser advogado? – então não se limite em ser um tecnólogo, um decifrador de códigos!"

Imagino, então, que somos moldados conforme nossas experiências e nossas interpretações aos momentos que vivenciamos, e que não devemos deixar as oportunidades passarem por acreditarmos que não serão fáceis, ou simplesmente que não seremos capazes.

2. Coincidências?

Nova Iorque, final de ano, nevasca histórica!

Eram 18h e, finalizando uma visita ao *Guggenhein*, minha esposa Maria e eu estávamos tomando um café! Aquecidos e encorajados com o café, saímos do museu e começamos a descer sentido sul da ilha de *Manhattan*, esperançosos em encontrar logo na esquina um táxi.

Que nada.... sei lá por que... nada de táxi!

Caminhávamos vendo aquele cenário: do lado direito o *Central Park* e do lado esquerdo, muitos prédios e uma ou outra mansão, sempre com um porteiro a postos para abrir a porta para os moradores e para inibir o olhar dos curiosos que passavam pela rua!

Diante do quadro, preferimos então olhar o parque, as crianças escorregando na neve, cachorros correndo e sempre um dono com olhar atento na sequência.

E assim foi, da esquina da 88th *Street* até a 59ht *Street*, descendo a 5th *Avenue*, isso mesmo, aproximadamente 30 quadras, com frio próximo de zero grau.

Chegando ao vértice do *Central Park*, comentei com minha esposa que o *show* para o qual havia comprado ingressos seria às 21h30 e que o primeiro *show* da noite seria às 19h30; caso fôssemos para o hotel, tomar banho, trocar de roupa etc., talvez sentíssemos sono e então seria melhor irmos direto ao local, que ficava em outro vértice do *Central Park*, a poucos minutos de caminhada. Maria, como havia de ser, topou imediatamente!

O lugar do show se chama *Dizzy* "Coca Cola" *Club*, é um bar de *jazz* do *Lincoln Center*, que atualmente tem o mesmo *status* que os irmãos *Ballet* de Nova Iorque, Filarmônica de Nova Iorque e Escola de Artes, todas compondo hoje o que se chama simplesmente de *Lincoln Center*.

A escolha se deu pelo fato de, muito além da excelência da música natural da curadoria do *Lincoln Center*, que tem na parte de *jazz* nada menos que o multiganhador do *Grammy Wynton Marsallis*, ter ao fundo do palco um conjunto de janelas que faz integrar ao local, do lado esquerdo o *Central Park* e do lado direito um *skyline* dos prédios que ficam em frente ao parque, como se cada janela fosse uma estrela a iluminar a noite!

Chegando ao local, expliquei para a recepcionista que o nosso *show* seria às 21h30, mas, eventualmente, se tivesse lugar, gostaríamos de antecipar.

Enquanto estávamos ali tentando dar explicações para entrar, entra um senhor de grande porte, vestindo um terno azul, com ares de quem estava atrasado, só acenou para a recepcionista e entrou, e, logo na sequência, uma senhora de cabelos brancos e um casaco BEM vermelho, que igualmente entrou sem maiores cerimônias.

Achei estranho, mas, enfim, tudo certo. Foi aí que a sorte começou a se descortinar: havia mais dois lugares e conseguimos entrar!

O local não era próximo ao palco, mas imediatamente ao lado da mesa de som e, para quem gosta, isso significa ter certeza da melhor regulagem possível, pois era dali que era feita a regulagem.

Tudo perfeito. Já estávamos fazendo o pedido de um prato e *drinks* para acompanhar o momento, *show* do *Larry Willys* (infelizmente faleceu em setembro de 2019), quando passa uma pessoa e eu instantaneamente comento com a Maria: é um músico importante.

— É músico? Quem é?

E por mais que eu tentasse puxar na memória, não lembrava o nome, o instrumento, enfim, só sabia que era um músico e que já o havia visto, assistido, ouvido.

O *show* começa e *Larry*, com sua banda, mostram toda a afinação e a harmonia que se espera de quem toca junto há mais de 30 anos. *Show* gostoso, leve, e ele, anfitrião da noite, para um minuto para fazer os agradecimentos.

— Gostaria de agradecer a todos que, mesmo com essa nevasca, uma das maiores nos últimos 100 anos, saíram de seus lares para nos prestigiar, mas, em especial eu gostaria de agradecer ao *Lou Marini*. Levanta aí, *Lou*.

E o músico sobre quem eu havia comentado com a Maria se levanta, mas, ainda assim, seguia sendo uma incógnita para mim!

Mas então, com o nome e com a internet, tudo ficou muito mais simples, e eu percebi que, muito além de ter participado do filme *Blues Brothers*, ele sempre toca com o *James Taylor* e havia tocado num evento em que o *Led Zeppelin* tinha ganhado o *Kennedy Award*, quando da interpretação do *Stairway To Heaven* com as artistas do *Heart*! Quando eu falei para Maria que ele tocava junto com o *James Taylor* ela disse:

— Então temos fotos dele tocando em Curitiba!

E realmente tínhamos!

Na sequência, o *Larry* apresenta a todos a *Alina Bloomgarden* e recomenda que todos agradeçam a ela, pois a parte de *jazz* do *Lincoln Center*, juntamente com *Wynton Marsallis*, deflagrou uma série de pequenos concertos, o que se transformou no braço jazzístico do *Lincoln Center*, e o *Dizzy´s* só existe por conta dessa série de concertos.

Já era o suficiente para que a noite ficasse marcada como inesquecível, mas, como diz o *show business*, nós deixamos o melhor para o final!

Finalizado o *show*, salva de palmas e a Maria, com tom impositivo que só as Marias possuem, gentilmente comanda:

— VÁ conversar com o *Lou Marini*!

Eu, refratário, pondero:

— Mas Maria, o cara tá de boa.

E ela:

— VÁ!

Não sou louco a ponto de contrariá-la. Fui!

— Boa noite, senhor *Lou*, tive a oportunidade, a honra de ouvi-lo em Curitiba, no Brasil, num *show* do *James Taylor*!

Muito provável por conta da improbabilidade daquele encontro, o *Lou* foi extremamente simpático e comentou como o *James Taylor* havia machucado a mão, diga-se, o estojo do violão fechou em sua mão e ele não conseguiu tocar; quem tocou na ocasião foi um violonista brasileiro!

Quase que encerrada a estória, somos interrompidos e eu pensei: natural, o *Lou* é uma personalidade, vários vão querer aproveitar o momento... e era o *Larry Wyllis* quem havia deixado o palco e vindo cumprimentar o *Lou*.

— Maria, que coisa incrível! o que é que está acontecendo?

Antes de qualquer outra reação, o *Larry* olha para Maria e solta:

— Gracinha! (com o português americanizado)

Comecei a rir e perguntei:

— O senhor fala português?

— Eu fui casado com a filha do Vinícius de Moraes! – disse ele.

A situação era tão inexplicável que pensei... *"let´s take a picture"*... e todos se alinharam para uma *selfie*!

Eis que, novamente, somos "interrompidos"! Era *Alina.*

Nova série de *selfies* e, ato contínuo, Alina me passa o contato dela e pede para enviarmos as fotos!

Tudo isso foi surreal, mas será que os nossos dias não são assim espetaculares? Únicos, irrepetíveis e um pouco de "excesso" de otimismo não faz com que a vida seja realmente um presente?

O causo acima ocorreu tal como narrado, mas a forma como ficou gravado na nossa memória decorre exatamente do olhar, pois se prestarmos atenção, o nascer do sol, o beijo da mulher amada, a felicidade plena de um animalzinho de estimação, o sorriso de um filho, uma noite bem dormida, uma refeição com o nosso prato predileto são momentos que podemos viver no cotidiano e que seriam, por si sós, suficientes para despertar em nós o sentimento de gratidão.

MAX LAZARO TRINDADE NANTES, *pecuarista, advogado, especialista em processo civil pela PUC/SP.*

NELSON VIEIRA

1. As lâmpadas atraem as mariposas

A frase: "As lâmpadas atraem as mariposas" ficou na nossa mente e foi dita muito tempo atrás por uma pessoa muito culta que teve presença marcante no cenário da cultura da cidade de Campo Grande – MS, e quiçá do Brasil.

A sentença que dá título a este texto surgiu em uma reunião informal e, a conversa reinante na ocasião, versava referente àquelas pessoas detentoras de atributos, diríamos fora do comum. Conhecidas pelas suas qualidades salientes, a chamar a atenção dos demais, assim, aparentemente, sem muitos esforços e, por ficar claríssimo de gostarem de fazer e dar vasão aos seus predicados, naturalmente.

Sim, "as lâmpadas atraem as mariposas" pelo brilho resplandecente e contínuo, a motivar as aproximações dos insetos, neste caso, as mariposas.

No nosso mundo a pessoa dotada de qualidades faz a diferença, ou melhor, causa o que poderíamos denominar de: admiração positiva para alguns e admiração negativa para outros.

A admiração positiva vem de pessoas que apreciam e valorizam o desempenho daqueles que se sobressaem, enquanto que os admiradores negativos, talvez com receio de concorrência e, mesmo por se sentirem inferiorizados, buscam formas de ofuscar a trajetória de quem tem condições de também ter um lugar ao sol, por possuir capacidade já demonstrada no exercício do que se propôs a fazer.

Sem dúvida que a pessoa possuidora de "luz de própria" cativa a atenção das pessoas, devido sua inteligência e habilidade patente, naquilo que faz de maneira radiante e envolvente.

Ah! Antes de encerrar cumpre declinar o nome da pessoa, autora da frase naquela oportunidade, que originou o nome desta crônica, trata-se da saudosa Professora, com P maiúsculo: MARIA DA GLÓRIA SÁ ROSA.

2. Cantar no terreiro alheio

Fico abismado quando vejo alguém no maior desprendimento ditando regras ou realizando proezas com o "chapéu de terceiro" e sem floreios. Aventuram-se, como detentores de magias, de procedimentos, de resultados milagrosos, até mesmo surpreendentes perante a opinião pública. Sei lá, se é para querer ajudar e, daí realizam ações e manifestações de "salvador da pátria", nos terreiros dos outros, por considerá-los mal das pernas, talvez carentes na interpretação do cantante, e estejam precisando de "muletas" e outros meios para no mínimo terem condições de se movimentar no próprio espaço físico.

Sem dúvida que socorrer quem precise nos períodos difíceis é de grande valia, e, sem querer nada em troca é meritório. Entretanto, todo o cuidado é pouco para não deixar a retaguarda descoberta. De que adianta "vestir um santo e deixar o outro nu ou desagasalhado".

Ademais, para demonstrar autossuficiência, é necessário estar a cavalheiro, bonito na parada, de cabeça erguida, com seu terreiro bem drenado, livre de qualquer ação de natureza daninha, no maior progresso e funcionalidade dos bens contidos na área, observados os limites. Do contrário é ruim protagonizar uma de benfeitor e esbanjar sucesso perante terceiros, quando o seu perímetro de atuação carece, ainda, de muitíssimas ações e empreendimentos que ensejem melhorias, isto é, está deficiente.

É certo que, a propaganda inicialmente colabora em muito para venda de produtos. Todavia, posteriormente, se eles não corresponderem com o enunciado, após a realização das "vendas para o público-alvo", certamente sucumbirão no aspecto do desejo de aquisição e consumo. Podendo receber o rótulo de divulgação ou difusão enganosa. Redundando em prejuízo de difícil conserto.

Esse negócio de por fora bela viola e na parte interna o mato toma conta, com necessidade de limpeza, separar o ruim do mal o mais rápido possível, sob pena de comprometer o restante, ainda não afetado pelas "pragas", tão prejudiciais à "saúde" e ao desenvolvimento do terreiro, urge medidas seguras e firmes, sem qualquer complacência, em havendo interesse.

Ter o terreiro sempre pronto para produzir e beneficiar todos os que dependem dele, implica em enorme responsabilidade, significa dizer que o responsável tem que ser coerente com a realidade, ter "remédios" eficazes para combater as "doenças e vegetações nocivas", bem como fazer aplicações inteligentes, e promover meios de atuações que visem excelentes índices de produções e com isso a possibilidade de colher os frutos desejados. E isso demanda trabalho e derramamento de suor à beça, mas é possível.

Antes de cantar no terreiro alheio, salve melhor juízo, é bom treinar bastante nos próprios domínios, a fim de não desafinar quando da exibição e, também para evitar que seja diferente, na letra e na música, seja um canto real, sem subterfúgios.

3. A opção de viajar sem sair de casa

Claro está que, viajar é sinônimo de aquisição de conhecimentos. As viagens podem ser longas, ou não, depende da disponibilidade, por exemplo, de tempo e pecuniária.

Distâncias são relativas, e estão relacionadas a partir do ponto de partida até a localidade desejada para o término. O período duradouro ou curto fora do lugar comum tem correlação com os recursos e intenções, aliadas ao motivo da realização do deslocamento, quando planejado. Ocorre que o imprevisto também deve ser levado em conta, viajar sem querer, por conta dos acontecimentos.

Mas, movidos por razões diferentes ou mesmo semelhantes, todos os dias saem e chegam indivíduos, pelo mundo afora, uma dinâmica repetitiva. O simples sair de casa para o trabalho, para a escola tem características de viagem. A cada dia num mesmo roteiro, novidades se apresentam aos olhos de quem costumeiramente faz o trajeto.

Gastos, isso é normal, basta pôr os pés do portão para fora, mesmo com obtenção de alguns benefícios. A escolha é livre, principalmente quando sob as próprias expensas.

E, quando as condições financeiras não são favoráveis às saídas mais prolongadas? A coisa é difícil, porém possível do sujeito empreender o já arquitetado na sua cabeça.

Vejam que há outra forma de "pegar a estrada", sem muito esforço físico, utilizando condução, transporte para ir e vir, com despesa mínima, ligada à capacidade aquisitiva do veículo, utensílio, ferramenta, com custo-benefício extremamente positivo, para o interessado na façanha.

Esta proeza de querer pôr em prática outra maneira de conhecer, de alargar horizontes, é uma decisão que, num primeiro momento pode parecer simplista, e é sem sombra de dúvida. Todavia, implica em ter vontade e iniciativa. Querer é poder.

Em assim sendo, o meio ainda eficaz de viajar, seja para adquirir informação, preparo, experiência e entretenimento é o LIVRO.

O livro nos permite viajar sem sair de casa. Que digam os habituados à boa leitura. Um instrumento valioso para o desenvolvimento pessoal e profissional.

O uso do livro, a leitura de obras literárias gera compreensão, interpretação, induz a reflexão, faculta imaginar, criar situações a partir da palavra escrita, sem que haja imposição.

As vantagens são inúmeras, citamos algumas: amplia o conhecimento, a pessoa passa a escrever melhor, tem mais condições de enfrentar a vida (estudos e trabalho), potencializa o indivíduo a criar estórias, personagens e facilita a comunicação.

Então, ao ler livros por vezes nos transportamos para o local da narrativa e a imaginação flui, viajamos. De repente acontece da realidade se fazer presente, isto é, estarmos em determinado lugar que conhecemos mediante a leitura, não será estranho parecer familiar.

O ideal seria existir mais locais para o exercício da leitura ou facilitação de acesso aos livros. Estamos chegando lá. Enquanto isso quem tem interesse e, por enquanto tem dificuldades em adquirir obras literárias, não se acanhe vá às bibliotecas das escolas, do município, de associações e entidades de classes, não fique a esperar.

Vá ao encontro do saber, leia. O livro tem o condão da liberdade. É de fundamental importância na vida (no progresso) do ser humano.

NELSON VIEIRA, *cronista, é natural de Porto Alegre (RS), funcionário público federal, graduado em Gerência de Marketing; membro da Academia Maçônica de Letras de Mato Grosso do Sul, da Associação Internacional de Poetas, Embaixador Universal da Paz pelo Cercle Universel des Ambassadeurs de la Paix, Membro Correspondente da Academia Castro Alves (Porto Alegre-RS) e da Academia de Letras do Rio Grande do Sul. É também colunista do jornal O Estado de Mato Grosso do Sul e de vários sites e autor dos livros de crônicas Cotidiano e Frutos de percepções, ambos já reeditados.*

NEYLA FERREIRA MENDES

1. A preguiça

Tempos desses, fui conhecer uma parte da costa brasileira, no estado do Ceará, distante uns trezentos quilômetros a oeste da capital do Estado. No primeiro passeio por aquelas praias fui convidada a conhecer a árvore da preguiça, um dos destaques turísticos da região. Fiquei curiosa: o que teria feito, ou deixado de fazer, aquele vegetal para ser adjetivado como preguiçoso. Ao chegar às proximidades da atração turística, me detive ao longe, sem descer de minha condução, via-se um tronco frondoso, inicialmente ereto, que a mais ou menos três metros de altura se inclinava, fazendo com que suas galhas deitem no chão. Única árvore visível na redondeza, de imediato é visível o enorme esforço daquele ser, que para permanecer vivo, sob o sol escaldante e sobre uma areia desértica se deitou. O motivo da inclinação é evidente, a força dos ventos no local. A inclemência dos ventos naquele pedaço de Brasil impôs uma luta diuturna pela vida, envergou, encostou sua galhada na areia, mas continua viva, exótica e linda.

Jamais a resistência a tantas adversidades poderia legar àquela criatura magnífica o adjetivo de preguiçosa; porém o imaginário popular transcende a realidade dos fatos, embotando-a, estranhando-a e desqualificando-a.

Assim somos. Diante de fatos, situações ou seres que fogem as nossas perspectivas de normalidade, azeitamos uma narrativa de desqualificação e essa narrativa se torna poderosa quando se alicerça em convicções, interesses e sentimentos pessoais, comuns a grupos majoritários.

A árvore nominada de preguiça faz lembrar um dos heróis brasileiros, criado por Monteiro Lobato, que tinha entre suas características ser miserável e preguiçoso, que ao ser consultado e tratado por um médico se cura, e de preguiçoso se transforma em um laborioso e próspero fazendeiro, sua indolência era, na realidade, causada por parasitas que infestavam seu organismo, até então, para todos que o conheciam, ele não passava de um bêbado e preguiçoso; porém era somente doente.

A árvore preguiçosa serve de metáfora para nossas vidas, somos tão alheios às circunstâncias dos outros, e para justificar nossa falta de empatia, principalmente quando o cenário que nos é apresentado foge de nossa própria realidade, adjetivamos.

O milho, um dos grãos mais produzidos e consumidos no mundo, a mandioca, que tanto apreciamos, feijão, abóboras, carás e tomates são exemplos de cultivares de origem selvagem e que foram domesticadas com muito trabalho indígena. Essa etnobotânica não se resume a plantas para alimentação, os saberes acumulados pelos indígenas também sempre forneceram pistas decisivas para as indústrias farmacêuticas na formulação de medicamentos. Ainda é impossível esquecer que o manejo da cana, para a indústria sucroalcooleira, uma das atividades mais extenuantes que se possa exercer, causando lesões crônicas respiratórias e musculares, era, até pouco tempo, antes da mecanização em Mato Grosso do Sul, sustentada pela força braçal de indígenas, inobstante, os chamamos de preguiçosos.

Dizem alguns que o mundo seria perfeito se não houvesse o trabalho, ou seja, o trabalho por si só, não anima ninguém, amamos o trabalho quando fazemos aquilo que gostamos, quando os resultados fazem alguma diferença perceptível ao nosso mundo, mas na maioria das vezes só trabalhamos porque precisamos sobreviver. Entretanto queremos impor aos demais o substantivo, preguiça, transformando-o em adjetivo: preguiçoso, quando alguns grupos étnicos lutam por atividades laborativas de subsistência que respeitem suas próprias perspectivas de vida e cosmovisões.

Essas reflexões também martelam meus pensamentos enquanto, dentro de um barco, com pessoas de diversas regiões do país, navego pelo Rio Preguiças, no estado do Maranhão, na região do complexo dos Lençóis Maranhenses. Como a miséria de um povo contrasta tanto com essa paisagem, tão rica, o que seria dessa população não fosse esse rio, chamado de preguiçoso. Dizem alguns que o nome decorre dos bichos preguiças abundantes em suas margens no passado, outros que o rio, por ter muitas curvas, suas águas estariam sempre tranquilas, ou seja, preguiçosas.

Suas águas caudalosas se abrem generosamente, em diversos braços, como se quisesse abraçar e beijar diversas margens ao mesmo tempo. Imagino quanto peixe esse rio já deu e quanta água para beber para os seres sobreviverem, ou ainda, quantas lavouras ele mantém em suas margens, algumas visíveis para as navegantes eventuais, como eu. As curvas que o curso de água se obriga a fazer para desviar dos obstáculos me faz lembrar nossas próprias vidas, quantas curvas inesperadas nos são impostas, quantos recomeços e resiliências. Como a árvore do Ceará, o rio do Maranhão é tudo, menos preguiçoso. A semelhança das circunstâncias da existência desses nossos irmãos, um vegetal e outro mineral, com a nossa própria vida é inquestionável. Superação de obstáculos e julgamentos.

Projetamos nossos egos em outras criaturas, e através delas idealizamos nosso alter, como querendo fugir ou justificar as nossas próprias misérias, entre elas, a escravidão do trabalho para nossa sobrevivência. A árvore resiste sozinha, sobre os pés areia quente e sob suas ramas o vento implacável e incessante, curvou-se, apoiou-se no chão quente, mas segue em sua luta para existir. O rio, obstáculo a obstáculo vai se desviando até encontrar seu destino, o oceano; em seu caminho, séculos a fio, distribuindo peixes e água, alimenta e mata a sede de plantas, animais e aves, não se faz de rogado, apesar do nome.

As metáforas que a vida nos oferece estão em todos os lugares nessa reflexão. A árvore virou ponto turístico, porque para aqueles que lá passam, o fato de sua galhada se recostar sobre a areia, demonstraria sua indolência diante da vida, quando na realidade demonstra sua insistência em viver, mesmo em um lugar onde não há outras árvores sobrevivendo; só prova que tudo é possível, por mais difícil que seja a vida, a resposta é a coragem de enfrentar as adversidades sem se abalar com os julgamentos dos que não conhecem ou fingem não saber de nossas circunstâncias. Assim também o rio, que segue impassível, oferecendo comida, bebida, e transporte a todos, sem distinção, enquanto percorre o seu caminho natural para o mar. Por mais preguiças que o chamem, ele chegará ao mar fazendo o bem a quem está em sua volta, não importa quem. Olho para nossas vidas e penso: como seríamos melhores, se fôssemos preguiça como a árvore ou preguiças como o rio.

2. Posso te ligar?

Aquela porta aberta o dia inteiro me incomodava, as pessoas iam chegando e entrando. Algumas queriam apenas conversar, outras, entretanto, queriam um favor ou outro, ou apenas tomar um café, fosse a hora que fosse, nada naquele lugar ficava invisível aos olhos dos vizinhos, se o da frente não visse, certamente o ao lado ou do fundo veria.

Qualquer alteração na casa, uma pintura, uma reforma no banheiro era uma fila interminável de vizinhos, todos, um após o outro entravam para olhar e se possível dar uma sugestão. Sempre havia tempo para ficar algumas horas durante o dia conversando encostados nas balaústras.

À noite as cadeiras iam para a porta da casa, para o lado da rua, e ali muitas histórias eram compartilhadas, enquanto as crianças se juntavam para brincar de roda, de pega-pega, esconde-esconde, pé na lata, ou de bola. Entre as crianças, qualquer desentendimento era esquecido com rapidez e na outra noite todas se reuniam de novo para as mesmas brincadeiras. Iluminados pelo sol durante o dia e pelas estrelas, lua, lamparina, velas e o fogão a lenha durante a noite. Luz elétrica não existia no lugar.

Naqueles idos da década de 1960, por não ter eletricidade na maioria das casas, televisão, geladeira ou telefone eram itens raros nos bairros da periferia das cidades brasileiras. A maioria das pessoas, assim como eu, jamais haviam segurado um telefone, colocado os olhos sobre um aparelho de televisão ou gelado bebidas em sua própria geladeira.

Essas novidades, quando chegavam a alguma casa do bairro eram usadas por todos daquela rua, reuniam-se para assistir os programas transmitidos, buscavam gelo na casa de quem tinha, pelo caminho já se colhia capim no mato para usar de canudinho, e o telefone era compartilhado. Imagino hoje em dia, alguém chegando à casa de alguém com uma tigela para pedir gelo ou ainda indo todas as noites assistir televisão sentado no sofá da sala, pois era assim que era a vida da geração X.

Olhando para o passado imagino como se comportaria alguém da geração Y, Z ou Alpha na década de 1960. A geração Y certamente iria gostar das brincadeiras na rua, das conversas na beira de cerca, mas não aceitaria tomar um suco quente, uma cerveja meio fresca, já que era conservada em um misto de pó de serra e gelo. Alguém geração Z procuraria a máquina fotográfica no aparelho de telefone de disco, ou ainda, o delete ou o salvar na máquina de escrever. A geração Alpha certamente teria mais dificuldades, procuraria botões para apertar, cliques para se comunicar, o olho no olho e a privacidade quase inexistentes certamente adoeceria essas pessoas.

Com os olhos no passado e com os pés no presente, sinto um enorme orgulho de minha geração X, foi a geração que começou essa transformação. Recebeu a TV em branco e preto de seus ascendentes e a coloriu, recebeu o telefone fixo discado e o transformou em telefone móvel, as máquinas fotográficas passaram a fotografar colorido. E o mais impactante de todos os feitos: criou a internet e o *videogame*.

Videogames que são base do modo de vida das novas gerações, o início do metaverso. Quando penso que nossa vida nos próximos anos será virar uma espécie de *videogame*, me assusto. Peguei em um telefone pela primeira vez aos dez anos de idade, quando comecei a trabalhar em uma fábrica de empacotar especiarias, e ao telefone da fábrica tocar, corria para atendê-lo, só para segurar aquela máquina e dizer alô. Essa parte divertida para uma criança, como eu, era paga com muita ardência nos olhos nos dias de empacotar pimenta do reino. Todos os dias, ia para escola na parte da manhã, andando por dois quilômetros, chegava em casa por volta das doze horas e ia para trabalho às treze, de onde saía por volta das dezoito horas. Levava tudo aquilo meio na brincadeira. Fiquei nesse trabalho por cerca de três meses, um dia, durante o empacotamento de pimenta do reino preta, não suportando a ardência nos olhos, abandonei o emprego e nunca mais voltei, nem para receber meu crédito.

Agora, aquele encher saquinho, pesar saquinho, posicionar na máquina de selar, apertar o pedal, conferir se lacrou e passar para o próximo saquinho, me parece tão distante diante de nossa transmutação, para esse tal metaverso. Vamos viver através de avatares numa mistura de mundo real com mundo virtual. Vejo-me na infância, indo comprar mantimentos no mercadinho do bairro, precisando andar com os mantimentos para quinze dias por cinco quadras, pesado para as crianças franzinas que eram eu e minha irmã, ela segurava em uma alça da sacola e eu na outra, quando a mão doía, colocávamos a sacola no chão. No metaverso, entro no mercado de minha escolha, usando meu avatar e meus óculos virtuais, ando pelo mercado, converso e escolho minhas compras, que serão entregues em meu local de escolha. Nessa vida alternativa em que o mundo inteiro estará conectado, minhas viagens de férias serão com avatares e óculos virtuais.

Mas hoje já sentimos os efeitos nesse mergulho mais e mais fundo no mundo *online*. Compra-se praticamente de tudo através de clics, a comida que você quiser comer é entregue em sua casa, assim como remédios e bebidas. Lembro-me do dia no qual chegou o primeiro fogão a gás em minha casa e muito vagamente de minha irmã acendendo o fogão à lenha para fazer o café, de madrugada e no frio do Paraná, eu tinha uns dez anos e ela doze, por isso essa tarefa era dela, e ela a odiava. Lembranças vagas de meus irmãos estudantes sob a luz de lamparinas ou ainda, eles puxando água de um poço no fundo do quintal. Naquela época, se existiam, eram muitos raros os casos de doenças como depressão ou síndrome do pânico, os desafios para sobrevivência eram diuturnos, não havia tempo para crises existenciais.

Nossa evolução tecnológica tem nos levados a caminhos, para mim, meio estranhos, nossas fotos são mandadas para *stories* que somem em algumas horas, quando não gostamos de alguma frase de alguém o bloqueamos, falsificamos imagens para que fiquem mais aprazíveis e muitas pessoas nas redes sociais comentem e cliquem em gostei, quanto mais gostei, mais satisfação e alegria, para em seguida inventar outra imagem para tudo começar mais uma vez. As conversas são via mensagens, críticas, mesmo as mais construtivas, são recebidas como ofensas, a cada dia temos mais dificuldades de convivência. Inadmissível alguém visitar alguém sem avisar com várias horas ou dias de antecedência. Estamos involuindo como seres humanos, se na minha meninice a porta da casa estava sempre aberta e todos eram bem-vindos, atualmente até para conversar com alguém por telefone preciso perguntar por mensagem antes: posso te ligar?

NEYLA FERREIRA MENDES *é Defensora Pública de Segunda Instância e Mestre em Função Social do Direito Privado. Também cronista, é coautora de três livros de Diretos Humanos Autora de diversos artigos*

OLGA DE MARCO

1. Natal solidário

Há 21 anos, fui procurada por uma colega de faculdade, para que auxiliasse na confecção de sacolas de presentes de Natal para crianças carentes, filhas e filhos de catadores de recicláveis que moravam na região do Jardim Futurista e do Danúbio Azul, bairros próximos ao Parque dos Poderes de Campo Grande.

Minha amiga "Tati" me entregou, em torno de 10 a 15 sacolas plásticas grandes, etiquetadas, com um nome de criança – menino ou menina – constando a idade da criança, o nome da mãe, o tamanho da roupa e o tamanho do sapato daquela criança, e me pediu para distribuir as sacolas entre pessoas amigas, as quais deveriam comprar um presente (brinquedo), uma roupa e um sapato correspondente aos dados constantes da etiqueta pregada na sacola, e entregar de volta, com os presentes embrulhados como tal, para serem entregues no Natal daquele ano – 2001.

Com o auxílio de uma amiga e colega de trabalho, consegui distribuir as sacolas entre as demais colegas e funcionários da Defensoria Pública, e as sacolas me foram devolvidas na data e época marcada, com os embrulhos de presentes conforme me fora solicitado.

Desde então, passei a ajudar na Ação de Natal Solidário, ano após ano.

Porém, em 2012, recebi uma missão profissional, no final do mês de novembro, para fazer um atendimento coletivo aos catadores do Aterro Sanitário de Campo Grande, vez que eles estavam ameaçados de serem "expulsos" de sua área de trabalho - o Aterro Dom Antonio –, recém-inaugurado e "construído" em cima do antigo LIXÃO de Campo Grande, de onde tiravam seus sustentos há muitos anos.

Tudo foi sendo planejado para um atendimento coletivo daqueles catadores e catadoras, seres humanos invisíveis para a nossa sociedade campo-grandense, e que, naquele dezembro de 2012, estavam prestes a passar por tempos sombrios, pois, o "fechamento do LIXÃO", lhes acarretaria muitos transtornos econômicos, justamente nas vésperas do Natal.

A Ação Civil Pública foi ajuizada antes do recesso forense e férias de janeiro de 2013, porém, a liminar não foi concedida, e os catadores e catadoras não puderam continuar no seu "ambiente de trabalho" para dele retirarem o sustento próprio e da família, antes do Natal de 2012.

Foi então que o Natal Solidário passou a ser realizado em prol das filhas, filhos, netas e netos de catadores e catadoras de recicláveis do "Lixão de Campo Grande", assim como foram sendo elaboradas listas de crianças, iniciadas com 50-60 e, atualmente, em 2021, num total de 380 crianças.

É uma emoção muito grande realizar uma ação dessa envergadura.

Por isso, a cada ano que passa tento disseminar essa emoção a todas as pessoas que gostam do trabalho social e têm um pouquinho de solidariedade no coração.

O que nos custa doar um brinquedo, um perfume, um livro, uma maquiagem, em atendimento a uma cartinha de criança, incluindo na sacola uma roupinha e um sapatinho novo para a criança que escreveu uma carta ao Papai Noel?

E a sensação de ver o sorriso e os olhinhos brilhantes da criança, ao desembrulhar sua sacola de presentes?

Essa sensação é impagável, aquece o nosso coração e nos torna um pouquinho mais humanos e felizes, acreditando que o caminho para a felicidade, está no DOAR um pouquinho de nós, e receber em troca esse sorriso e brilho no olhar de quem recebe!

OLGA LEMOS CARDOSO DE MARCO *é Defensora Pública de Segunda Instância em Campo Grande (MS). Preside a ADEP/MS, Associação dos Defensores Públicos - ADED (MS) e integra outras importantes entidades sociais e culturais do Estado.*

PATRÍCIA DE MARCO

1. Um vírus e "Graza Deus"

Era 10 de março de 2020, aproximadamente 15 horas; estava eu sentada em minha estação de trabalho quando repentinamente o Diretor Administrativo 'brota' na porta da minha sala e avisa: peguem suas coisas, a partir de hoje todos trabalharemos em casa. O vírus já estava por aí se espalhando há alguns meses. Viajamos no carnaval, eu minha família e minha mãe, contudo, sem a consciência de que ele estava nos rondando. Mas ao contrário da maioria nessa época carnavalesca, nós só queríamos curtir o sossego de uma praia bem simples e isolada, sem galera, tumulto ou festança de carnaval.

A partir daquele segundo, aquele local de trabalho tão sério - e opaco até, porque não dizer - se transformou. Uma multidão de servidores se empilhou na Seção de Informática para tentar descobrir 'como' trabalhar em casa; coisa, aliás, que nunca havíamos feito, não por falta de vontade, mas de autorização mesmo. Pega caderno, pega Código anotado, Código comentado, anota senha, anota como baixar a VPN (Virtual Private Network), o acesso remoto, os programas obrigatórios, digitalizador, assinador, o PJe (Processo Judicial Eletrônico), que confusão! Em casa, por volta das 18h - coisa inédita, aliás -, coloquei todos os itens de trabalho no escritório, frente ao notebook e num segundo de quase plágio interno de Drummond pensei: E agora, José?

Boa beata que sou, rezei. Rezei com força, pedi a Deus que me ajudasse, pedi que nos protegesse, pedi que afastasse esse vírus da minha família, do meu pai e mãe, já sessentões. Pedi. Depois lembrei de agradecer por ter um trabalho que me permitisse ficar em casa, no conforto do meu lar, com meu salário pingando ali todo mês, mesmo que trabalhasse mais. Como diria minha bisavó Durva: "Graza Deus".

E assim 'foi sendo'; durante alguns poucos cinco dias, alguns desafios novos no trabalho, muitos ajustes, até que a coisa desandou de vez. *Lockdown*, fecha mercado, fecha loja, fecha tudo e, óbvio, fecha escola. Ai, Deus... tinha que fechar a escola? Sei não se foi bom, mas precisei acreditar que sim. Com uma filha asmática, mãe asmática, sogra idosa todo dia em casa – sim, ela cozinhava pra gente todos os dias – eu confesso que me forcei a acreditar que sim, que foi bom, sim. E eu agradeci. "Graza Deus".

Depois de um tempo as coisas começaram a se ajeitar, os horários a combinar, tudo entrava nos eixos. Menos eu, claro. Imagine só, uma aquariana da pesada, normalmente presa no seu mundo da lua - ou apenas concentrada demais em cada atividade que precisa fazer -, 'sua' sala, 'suas' atividades rotineiras de trabalho, 'seu' material de trabalho, 'suas' coisas todas invadidas por filhas chamando 'mãe, mãe, mãe'; marido e sogra falando 'Pat, Pat, Pat', metas maiores porque estávamos 'trabalhando em casa' – facinho, né? -; tudo isso o tempo todo e todo o tempo.

Os dias sem ver minha mãe - a quem vejo sempre – e meu pai – a quem vejo menos, mas com frequência - foram bem difíceis. Enquanto nos revezávamos pra ir ao mercado, eu e minha irmã, a minha mãe batia ponto no *Comper* dia sim, dia não; nem que fosse pra comprar uma bananinha. Depois de uns meses tudo começou a voltar ao normal, ou a se tornar o 'novo normal', e passamos a nos ver regularmente. Alimentou minha alma!

Não dá pra esquecer que de duas filhas lindas, minha mais velha tem mais meu temperamento: tranquila, gosta de filmes e é dorminhoca; noutro passo, a menor é *TDAH*, iniciais em inglês de Transtorno do Déficit de Atenção com Hiperatividade. Foco aí no 'H' de hiperatividade. Santa Adele, nossa boxer que aguentou pular, saltar, correr e dançar com a pequena. Santa Adele está no céu, falecida em outubro de 2021, depois de fazer feliz minha filha na quarentena. Deixou Pablo Austin Tirone Pitoco De Marco Almeida - o *dachshund* – vulgo *cofap* - preto e gordinho, seu parceirinho de vida e pai de três ninhadas – e toda uma família triste pela perda, mas feliz demais pelos momentos que ela nos proporcionou com sua presença, carinho e amor. Só pra não esquecer, também agradeci. "Graza Deus".

Agradeci a cada 'mãnhê' chamando pra ver a tarefa ou o trabalho que deveria ser feito; a internet que não funcionava; a aula que travava; Sistema que não rodava; o 'olha aquele processo pra mim, por favor', no meio da minuta mais difícil que eu tinha; cada intervenção, interferência, cada segundo que eu pensava estarem me atrapalhando; tudo isso eu agradeci.

A verdade é que, dentre tudo isso, pela primeira vez, desde que saí de casa para me casar, eu pude almoçar com minha família. Eu não almoçava durante a semana com minha família. Sempre no trabalho, para economizar o tempo e o combustível do deslocamento. Filhas na escola, marido no trabalho dele; sempre separados. Enfim estivemos juntos. Estivemos juntos e com saúde. Não é maravilhoso? Tantos se foram. Eu ainda tenho todos que mais amo. E eu agradeço: "Graza Deus".

Foi tudo fácil como parece??? Foi não. Eu surtei??? Surtei não. Mas eu bem quis; ah, quis sim! Mas posso não.

Cada gritinho de 'manhêêêê' que me atravessava o raciocínio num processo, que me pedia ajuda com uma tarefa, que queria me mostrar 'uma coisa', uma dança, uma letra, um gibi, uma notícia do '*campograndenews*', na hora mais imprópria e atordoada do meu dia me fazia subir uma vontade de surto. Mas aí eu lembrava de quem não estava com a família, com os seus, de quem perdeu o "manhê" para todo sempre, e eu agradecia. Eu trabalhei à noite, na madrugada; eu atendi 'Pats' e 'manhês' a todo tempo, porque eu só pensava nas pessoas que nunca mais poderiam fazer isso, porque um virusinho as levou.

Tudo agora está voltando aos eixos. Comércio aberto, máscaras liberadas, ainda restam uns olhares desconfiados quando espirramos ou tossimos por aí; mas 'como antes' nada será. Marido já não almoça conosco porque voltou ao trabalho presencial, talvez eu também precise retornar; as filhas já estão mais crescidas, mais responsáveis e mais conscientes dos perigos e limites que as cercam.

Aqui, o vírus chegou e nos uniu, nos aproximou. Está indo embora e estamos novamente retomando aquelas rotinas que eu nem conheço mais. Nos separando, de certa forma. Não posso reclamar da maior parte desses dias em 'quarentena', porque tiveram um gosto de união familiar. Não sei dos propósitos divinos pra mim, pra minha família, ou pro mundo, mas acredito piamente no dito popular que diz que "nenhuma folha cai do galho de uma árvore, sem que Deus permita, sem que Deus consinta".

Eu continuo agradecendo. Cada dia, cada almoço em família, cada momento em que estivemos e estaremos todos juntos, cada momento que passo ao lado da minha mãe treinando, batendo papo, viajando. Cada segundo, cada um; passado, presente e futuro. Com ou sem vírus. Todos eles momentos dignos de meus mais sinceros "Graza Deus"!!!

2. Tempos estranhos

Os tempos de estranheza da gente não tiveram inicio no morcego não fervido da China; foi bem antes. Antes do vírus as pessoas - ou a maioria delas - já se mostravam estranhas; já não pensavam no próximo e nem em si mesmas. O vírus, além da morte e da tristeza, e só ressaltou o que há muito existia.

Descaso, desprezo e menosprezo pelas pessoas, pelos seus corpos, sua saúde física e mental, pelo seu pensar. Não falo de política não; falo de gente mesmo. De gente que não pensa em gente e que, as vezes, dá mais valor em bicho -, embora as vezes eles sejam mesmo melhores que a gente.

Eu vi gente grupos de *whatsapp* brigando por causa de máscara - tem que usar, não tem -; por causa de comércio -- tem que fechar, não tem; vacina - tem que tomar, não, não tem.

Vi gente falando que era melhor passar fome do que morrer. Melhor pra quem? Quem decide o que é melhor pra quem tem fome? Pra quem está desempregado, vendo boletos vencendo e os filhos sem leite, sem escola, sem vida?

Eu vi duas velhinhas no mercado brigando por causa da uva:

—você colocou a mão na uva, tem que levar. Não sei onde colocou sua mão.

—Vou levar nada não, estou escolhendo. Verdade verdadeira. Ninguém me contou, eu vi.

Vi grandes amigas reclamando e debatendo ferozmente sobre política pela primeira vez na vida, sem nunca ter lido nada a respeito. Vi outra turma quase fechando seus comércios, desesperadas com o que viria depois do lockdown. Bonita palavra. Língua Inglesa usada num país brasileiro, cuja população em sua grande maioria mal fala o português. Regras da OMS pra países que nem sabem o que a sigla significa.

Se tudo isso serviu, sei não. Só sei que a gasolina, a carne e a vida estão quase impagáveis pra quem fechou, vacinou e pra quem reclamou. E pra quem não fez nada disso também. A conta veio e a gente - mais mesmo aquela gente que falei primeiro - não quer pagar; mas quer falar. Ah, como quer falar. E como gente fala!

Mas sabe o que eu vi de pior? Gente sofrendo.

Como gente sofreu nesses quase dois anos. Sofreu pela distância, pela possibilidade da perda e pela perda mesmo, pela insuficiência pulmonar e financeira. Algumas sofreram pela dor de ver o outro sofrer; essas são menos estranhas, acredito eu.

Aí gente vacinou, o tempo passou e as coisas voltaram ao "quase antes". Entretanto, a estranheza permanece. Aquela doença que precedeu o morcego não fervido não morreu com a vacina. Gente ainda pensa mais em si do que em qualquer outra coisa.

Se a humanidade está perdida em sua individualidade, em seu egoísmo eu não sei; mas não acredito não. Doente, certamente; perdida nunca! Eu sou daquelas que tem fé; em Deus e na sua criação. E se não foi essa praga que melhorou a vida da gente, que nos abriu os olhos e o coração para o próximo, eu tenho por certo que outras virão. Até que a gente se livre do Faraó, ultrapasse nosso deserto e, só depois, encontre a nossa terra prometida.

Parafraseando alguém aí que não sei quem é: tempos difíceis constroem homens fortes; homens fortes constroem tempos fáceis, que trazem homens fracos e tempos difíceis.

Os ciclos se iniciam e se encerram, e a gente precisa mudar, melhorar, olhar pro lado e pro próximo. Evoluir. Como o vírus fez. E se ele fez, a gente também pode! Basta querer...

PATRÍCIA DE MARCO, *servidora pública federal, cronista, leitora contumaz. Viaja pelo mundo e pelos livros.*

PRISCILA PIGATTO

1. Ligeiro devaneio

Diante da incerteza de um futuro, do medo da morte (principalmente dos que amamos), da esperança por dias melhores, diante da gratidão dos que ficam e em honra aos que se foram, a gente se adapta, naturalizando sentimentos e situações, continuando o ciclo da vida; a gente simplesmente, portanto, se acostuma.

A gente sobrevive, cada um à sua forma. Porque a gente já está acostumado. Pois, como diz o ditado popular: para que chorar sobre o leite derramado?

Mas todos nós temos um momento de revolta e negação ao costume de ter de se acostumar. E mesmo assim, não há nada como um dia após o outro, para se aceitar um problemão e enfrentá-lo com coragem e disposição. Porque é humano sentir primeiro o medo para, só depois a ele se adaptar. Daí a gente nega que se acostuma, mas, sem querer "querendo", uma hora a gente acostuma.

É bem verdade que, para muitos, a gente engole em seco, já que a gente "aceita" mas, ao mesmo tempo, não quer acostumar a aceitar. É um aceitar sem concordar, dia após dia.

E assim, a gente vai acostumando. E se isso te fizer bem, então está tudo bem. Se não, tenha paciência (e faça terapia).

E entenda... Isso não diz respeito somente à famigerada pandemia!

PRISCILA CARDOSO DE MARCO PIGATTO, *Cronista, Jornalista. É de Campo Grande (MS).*

1. Milhas de emoções

VIAJAR!

Uma das melhores experiências de vida, uma vez que se vibra pelas próprias emoções e para senti-las é preciso estar lá, naquele instante, o que para mim, pode ser perto ou distante, desde que toque as finas cordas de meu violino interior.

Em minha primeira inocente viagem internacional, chego ao Louvre com um grupo de amigas e de repente, percebo-me sozinha na multidão, mas isto não me perturbou, pois cada qual estava em busca de suas atrações. Porém, inesperadamente, algo de extraordinário me acontece. Partindo de uma tela de pequenas dimensões, um par de olhos seguem os meus. Que estranho! Vou e volto, e mais uma vez torno a ir e a voltar, fixada naquele olhar. A adrenalina cresce...e até que volte ao seu normal, me acalmo e subitamente, constato...Meu Deus é a Monalisa!

Curti aquele momento intensamente, agradecendo a Leonardo da Vinci a forte emoção que ali vivi... sem dizer que já havia contemplado a Vênus de Milo, outra maravilha, que fez ressoar minhas cordinhas musicais. Foi um momento tão especial, que de mais nada me lembro, além daquela sensação "sui generis", inesquecível e única, embora tenha tentado revivê-la por outras vezes, no próprio Louvre!

Esta viagem durou 31 dias, pela Europa e Oriente Médio, vivenciando a neve na Alemanha e o calorão no Egito. Chegando em Istambul, pelo Bósforo, dei-me conta de estar na Eurásia, quem diria!? Pura emoção.

O museu no Palácio Topkapi, em Istambul, colocou-me frente a frente com um "berço de ouro" até então, "força de expressão" para mim, uma poltrona integralmente rebordada de pérolas e com "o maior diamante do mundo" exibindo seu esplendor chamejante, além de enormes utensílios domésticos em porcelana chinesa, de beleza exultante, entre tantas que senti. Descobri também, que aquele enorme palácio foi um espaço de proteção às jovens de famílias humildes contra possíveis malfeitores.

Istambul guarda surpresas a todo instante. Cultura antiga e rica, hoje convive com a modernidade de mulheres, vestidas à europeia, trabalham fora, dirigem seus carros e muitas dispensam as burcas.

E as Mesquitas? A Azul ou Santa Sofia, enorme, com o piso forrado de belos tapetes individuais, reservam o centro para os homens, as laterais para visitantes e o fundo para as mulheres, nas quais entra-se de pés lavados e descalços. Quanto mais importantes, maior a quantidade de minaretes, de onde partem chamadas para os cinco momentos diários de oração, a que os locais se obrigam.

Circular pelas ruínas da Grécia, imaginar histórias de paixões, lutas, sonhos, ainda vivos em nós por relatos históricos, é um encantamento como se ouvíssemos ecos do passado em meio a enormes edificações e altíssimas colunas carcomidas pelo tempo.

Rememorando caminhos por mim visitados, e sem conectar-me a datas e mapas, sinto-me livre para ir e vir, sem ater-me à lógica geográfica ou ao nexo, e como meu pensamento voa, estou chegando, agora, na Capela Sistina, após ter percorrido a suntuosa e indescritível Catedral de São Pedro que, bela, impressiona! Adentrá-la provoca-me arrepios. Não há fotos que traduzam aquele teto, deixado por Michelangelo, ainda muito jovem, misturando o sagrado e o profano em perfeita harmonia, só possível aos gênios. São tantos os detalhes que para decifrá-los seriam necessários muitos dias atentos à figuras e cores, que deslumbram pela beleza e delicadeza das formas.

E se já não bastasse tanta beleza, mais uma surpresa!

Protegida por engalanados Guardas do Vaticano, o que vejo? Uma preciosa escultura, em mármore alvo, de Carrara, nada mais nada menos que a Pietá. Confesso que não imaginava tanta emoção frente ao belo! O impacto diante daquela imagem, quase real, de Maria em profunda dor com o filho inerte nos braços, foi incrível. Uma energia comovente que não se explica. Não dá vontade de deixá-la. O olhar daquela mãe é algo encantador e inesquecível. Momento especial, apenas meu, razão de minha alegria e gratidão pelas viagens que fiz e que ainda farei, pois, viajar é a única forma de ganhar presentes tão inesperados e preciosos como os meus, e mais uma vez rendo reverências a Michelangelo!

Comemorando 30 anos de casados, Jorge eu, vivenciamos das ilhas Gregas, Mykonos, que não se descreve e pudemos confrontar o azul anil do Mar Egeu com o branco tão branco das edificações, com suas ladeiras, escadarias e vielas que formam o conjunto da paisagem. Lá deparei-me em uma vitrine, com um colar em filigrana de ouro de rara beleza que cobre todo o colo da felizarda, até a cintura.

Ainda adolescente, repetia como mantra “Não morro sem atravessar o oceano”, numa época em que isto era raro, principalmente para mulher. Com paciência, estudei, me casei, tive meus filhos e na hora apropriada e pleno apoio do marido, comecei. Gostei tanto que praticamente emendei uma na outra, e para descrevê-las todas, precisaria do dobro deste espaço. Cada viagem é singular, seja com amigas, familiares, por terra ou por mar, é sempre motivo de gratidão e como gosto de surpresas não detalho demais “meus planos de voo”.

Percorrendo novamente a Turquia, agora com Jorge, em Éfeso, deparo-me com a Biblioteca de Celso, uma das mais importantes do antigo Império Romano, que imagino tenha sido lindo, quando repleto de preciosos tubos em pergaminho. Outra beleza arquitetônica, uma longa fila de colunas em mármore branquíssimo, em perfeita perspectiva é parte de um conjunto em ruínas, de um mercado romano. Mais adiante, algo que nos serviu de brincadeira: o banho público. Uma bancada com um número "x" de patentes em granito esverdeado, sobre um rego d'água em que a nobreza se servia e com certeza, em meio a longos bate-papos... Com boas risadas não perdemos tempo em experimentar aquele espaço, tentando imitá-los.

Éfeso é uma cidade que nos leva à reflexão... A região foi refúgio de apóstolos após a morte de Jesus e onde morou sua Mãe, até o fim de seus dias, fato aceito pela Igreja Católica, a partir de um sonho da Anna Catarina Emmerich, que viveu entre os Século XVIII e XIX. Visitar a Casa de Maria, outra das minhas grandes emoções. Transitei pela capela aberta à visitação, pequenina, mas com uma energia inexplicável e sem se dar conta, lágrimas jorram. Tive a bênção desta experiência muito particular e afetiva, pois sou fruto de um lar em que minha mãe foi devota de Nossa Senhora, por toda a sua vida.

Nova York, foi uma experiência que também merece relato. Visitar o *Metropolitan*, passear por Manhattan, apreciar a Broadway, fizeram parte de um programa com minha filha Lara, para um show de Paul McCartney e Ringo Starr, em 2009. Um espetáculo fantástico com a plateia recusando-se a deixar o recinto, sendo preciso 'gentil intervenção' dos guardas para fechar as portas numa cena divertida!

Rememorando minhas andanças pela Europa, com algumas idas e vindas, Paris é a joia da coroa, onde encontra-se beleza estética, monumentos suntuosos, igrejas especialíssimas com a Sacré-Coeur de Marie e a *Notre Dame* e shows fantásticos...uma alegria atrás de outra.

Minha última incursão em Paris durou 13 dias saboreando lindos momentos, entre os quais um clássico que nos levou à *Sainte-Chapelle,* tesouro gótico com vitrais magníficos, de pedir licença e reverenciar o espaço utilizado pelos Reis, para assistir, um quarteto dedilhando seus instrumentos e na voz de um tenor italiano, as Quatro Estações, de Vivaldi. Fantástico, especialmente para minha filha, pianista, com a qual realizei esta viagem.

No percurso, jantamos num pequeno restaurante, para 60 pessoas, tomamos um drinque ao som de um piano de músicas suaves, garçons e garçonetes trajados à medieval, prontos para nos servir. O pianista muda o estilo musical, e o garçom que nos atende inicia o show, de imediato respondido por outra garçonete ao fundo. Daí para frente, puro deslumbramento e os dez "serviçais" vão nos deslumbrando com uma bela programação de Ópera. Não me lembro absolutamente do cardápio e nem da marca do vinho, tal o êxtase a que a música nos levou. Mas sei muito bem como terminamos. Simplesmente cantando Le Fígaro... misturando vozes e sotaques dos visitantes com as dos artistas, numa energia encantadora. Difícil sair do local, de tão comovidos e gratos pela noite memorável.

Visitar a Casa de Claude Monet, em Giverny, vale cada segundo. Começa pela exposição de sua arte no saguão de entrada. A casa abriga seu ambiente de trabalho e seu jeito de viver. O jardim, magnífico, vale a visita e provoca vontade de ali ficar. Transitar e fazer parte da Ponte que o eterniza, encanta. Naquele momento, senti vontade de ficar comigo, assimilando aquelas belezas, e sem me dar conta estava emocionada, sem entender o porquê. Quando ocorre, apenas agradeço o momento!

Isto é Paris, para mim!

Ora você se emociona, ora você se perde e acaba jantando num bar grego, que termina com o quebra-pratos ao meio de boas risadas. Outra delícia: num mercadinho, encontrar um "brie" fresquinho, um croissant estalando e um vinho "francês" que levado para o hotel, oferece aquele deguste!

Circulando por meus pensamentos, até hoje não descobri porque a travessia de um simples rio me fez arrepiar da nuca aos pés, se era um rio igual aos outros – com uma diferença... Era o Nilo.

Ao visitar Quéops, a grande Pirâmide, escolhi ir a camelo. Uma aventura. Um pouco de medo senti, mas me diverti. O Egito é um local para muitas perguntas e poucas respostas. Por dentro, a pirâmide é lisa como espelho. A cola, que une os enormes blocos de granito, tal qual a de silicone que conhecemos. Não há iluminação artificial, mas não é escuro. Não há nada a ser visto. De toda a riqueza do Faraó, resta apenas a base de suporte para seu sarcófago.

A subida para a Pirâmide é íngreme, com degraus esculpidos e corrimão de cano rústico. Para a visitação, cerca de 20 pessoas sobem, permanecem uns 10 minutos e descem para que outras tantas o façam. Éramos 60 brasileiros e antes da descida, alguém disse "vamos rezar um Pai Nosso". Não tenho a menor ideia do que aconteceu. Só me assustei ao ouvir minha voz..."aqui eu não rezo!!". Bastante constrangida iniciei a descida e comecei a sentir falta de ar. Não estava bem e tive a sensação de morte. Acolhida por amigas e atendida pelo guia, a respiração se normalizou...mas virei uma esponja de sensibilidade nos dias seguintes. O guia me informou que reações como aquela são frequentes a depender da sensibilidade pessoal devido à alta concentração energética da Pirâmide. Voltando para casa, não pensei mais no fato, entendendo-o como algo positivo, até porquê nunca terei certeza do que me aconteceu.

Em Israel, perdi a ida a Telavive. Foi o dia do "banzo". Com saudades de minha família, dispensei o programa e lógico, no dia seguinte, me arrependi...

Jerusalém, outro lugar sensibilizante. Além da parte cristã, que desvenda o sofrimento de Jesus, também a parte Judaica, me cativou. Interessante a cerimônia do Bar Mitzvah, o batismo dos garotos, realizado junto ao Muro das Lamentações, onde também deixei meu bilhetinho encrustado em um de seus vãos, agradecendo a oportunidade de estar ali absorvendo toda aquela energia, tão longe de casa e tão perto da História.

Na realidade, Jerusalém foi me envolvendo desde a hora da chegada, quando recebidos com uma rosa Príncipe Negro e informados de que, apesar de desértico, fornece flores para a Europa. Estávamos bem próximos do Mar Morto, com processos de dessalinização, aparentemente simples e sem luxo.

Minha última viagem antes da Pandemia em 2018, para comemorarmos nossas Bodas de Ouro, teve por roteiro um cruzeiro pelo Mar do Norte e Báltico, partindo de Hamburgo até São Petersburgo. A viagem foi ótima, porem ficou me devendo a Finlândia, que por problemas climáticos na região dos Fiordes o navio não pode aportar, mas aproveitamos para curtir as regalias naturais da embarcação, com acréscimo das escadarias centrais em Swarovski. Linda decoração.

Em Hamburgo contemplamos o indescritível Museu de Miniaturas. Em Oslo, terra dos Vikings conhecemos o local de entrega do Prêmio Nobel da Paz, sendo que os das demais categorias são entregues em Estocolmo, além de visitarmos por fora, o Palácio da brasileira Rainha Silvia e lá visitamos uma exposição a céu aberto, com mais de 200 obras do artista Gustav Vigeland.

Tallinn, pequenina, cuja praça central tirada dos contos de fadas, é servida de lojas, cafés, igreja e artesanatos.

Em São Petersburgo nos deparamos com construções sólidas, profusão de museus em especial o Hermitage, comparável à Versalhes, pela beleza de suas estruturas e profusão de obras de artes. O espelhamento entre teto e piso de algumas salas, com arabescos simétricos, encantam a alma. As joias expostas num enorme cofre de vidro são belíssimas e preciosas.

A Igreja de São Pedro e São Paulo, guarda os restos mortais da família Romanov, últimos Czares da Rússia. Faz pensar... O metrô russo, um caso à parte. Para adentrar na estação, descemos pela profunda escada rolante, tomamos o trem para visitar várias e icônicas estações. A mais bela, decorada por colunas imensas, revestidas em alto relevo por resina, dão a impressão de ser de vidro.

Diferenças sociais são perceptíveis, muito provável pelo clima oscilante com invernos alternados que podem deixá-los por até 18 meses sob gelo, impossibilitando a produção agrícola e a pesca, exigindo a importação de alimentos.

Terminamos nossa rota em Portugal, especialmente para rever queridos amigos, gentis cicerones, que nos levaram para conhecer a Universidade de Coimbra, com uma biblioteca maravilhosa e seus amplos espaços. Aprendemos sobre a arquitetura colonial portuguesa no imperdível Museu dos Pequenitos, rezamos em Fátima, curtimos o Fado, vinho no Porto, enfim, vimos Portugal com o olhar de quem o conhece bem.

Enfim, são muitas milhas e muitas emoções!

THEREZINHA DE ALENCAR SELEM – *Membro da Academia Feminina de Letras e Artes de MS, Pedagoga pela UCDB, Campo Grande/MS, Pós-graduada em Sistemas Educacionais pela FGV/Rio de Janeiro, Doutora Honoris Causa em Educação Superior, título outorgado pela Universidade Católica Dom Bosco (UCDB), em 2012. Exerceu o magistério por mais de 30 anos e aposentou-se pela Universidade Federal de Mato Grosso do Sul (MS). Autora de livros entre os quais 100 MULHERES PIONEIRAS EM 100 anos de Campo Grande (MS), da Editora Universitária, em 2000), O QUADRO DA VIDA PINTADO PELA AACC, DE TALENTOS E PARADIGMAS. Atuante no 3* Setor, é Vice-Presidente da AACC/MS - AACC-Associação dos Amigos das Crianças com Câncer, e, membro da BPWCG - Associação de Mulheres de Negócios e Profissionais de Campo Grande/MS*

CIGANA LUNA NEGRA

1. Olhar cigano

Fala-se muito sobre o olhar cigano e seus mistérios, mas você sabe o significado desse "olhar diferente" do povo cigano?

Por muito tempo o povo cigano foi silenciado pelos *gadjes* (os não ciganos), não podíamos cantar e dançar as nossas músicas, não podíamos tocar instrumentos musicais, não podíamos falar a nossa língua, não podíamos vestir as nossas roupas, enfim, não podíamos existir, e até hoje, para muitas sociedades a nossa existência é uma afronta e uma ameaça que precisa ser contida e eliminada a qualquer custo. E quando tudo nos foi tirado, o que nos sobrou foi o nosso olhar, o "olhar cigano". Nós, aprendemos através do olhar, não só a manifestar os nossos sentimentos, mas também a nos comunicar entre nós, sem que os não ciganos conseguissem ver, e quando, um dia conseguiram perceber o nosso olhar, um oceano de emoções inundou o mundo dos *gadjes*, alguns se encantaram pelo nosso olhar e o cantaram em músicas e poemas, desejando serem como nós, outros se assustaram e fugiram, dizendo que o nosso olhar é terrível e implacável e que não se sentiam à vontade diante dos nossos olhos, (eu mesma já ouvi isso muitas vezes). O olhar cigano é furioso e gentil, debochado, melancólico, frio como a lâmina de um punhal e quente como um vulcão, mas nunca é indiferente. Nada passa despercebido por nós, porque o nosso olhar, o "olhar cigano, carrega a nossa voz no vazio do silêncio."

2. O disfarce do amor*

Diego era um cigano muito amado e respeitado pelo seu povo. Um homem trabalhador, de bom coração, e por isto tinha uma boa situação, graças ao esforço de toda uma vida de trabalho. Havia conquistado uma grande fortuna. Mas para ele, o seu maior tesouro, era Olenca, a sua única filha. A moça já estava em idade de se casar, e ele começou a procurar os pretendentes. Mas a jovem era tão orgulhosa, que para ela, nenhum pretendente era bom o suficiente. Por causa da sua vaidade, não conseguia ver nenhuma qualidade: Este é alto demais, este é baixo demais, este é gordo demais, este também não quero porque é velho. Assim dizia ela. Com um dos pretendentes, ela foi especialmente cruel. Credo, que homem feio. Que barba horrenda, não serve nem pra varrer a minha tenda! Para o pai, esta foi a gota final, não admitia que a sua filha se comportasse tão mal. Bateu na mesa furioso, e gritou. Agora basta! Vou arrumar um marido para você, e tu vais me obedecer.

* Inspirado no conto O *Rei Barba Horrenda*, dos Irmãos Grimm.

3. A melodia do amor

Passaram-se dois dias, Diego estava caminhando na praça quando ouviu uma bela música. Parou por um momento, e viu um jovem cigano tocando violino, em troca de alimento. "Que belo talento!", ele pensou e assim ao lado do músico ele se sentou. Está com fome, meu irmão?

"Muita", respondeu o músico.

"Então, venha comigo", meu amigo. E assim, Diego levou o músico para almoçar com ele, e depois de muito averiguar viu que era um bom homem para casar a sua filha. O jovem não possuía ouro e nem cobre, mais tinha um coração nobre, e, além disso, uma vida simples, e dura, talvez fosse a cura para o orgulho da filha. "*Gostei de vós*", disse o velho cigano, "*vou dar-te a minha filha para casar, e todo ouro que quiseres para esta fera amansar*".

"Não é o ouro que amansa as feras, meu irmão, mas o amor que se tem no coração".

Diego ficou muito admirado com a resposta do rapaz, e o admirou ainda mais. Mandou chamar a sua filha, e disse a ela:

Eis aqui o seu marido.

A moça esperneou, chorou, gritou, mas não teve jeito, o casamento foi feito.

Depois da cerimônia e dos dias de festa, conforme a tradição, o pai disse a Olenca. Agora vá arrumar as tuas coisas, para viajar com o seu marido.

4. O preço do orgulho

E lá se foram eles... A jovem, é claro, estava muito aborrecida com a sua nova vida. No caminho, eles passaram por um estábulo, cheio de belos cavalos, cada um mais vistoso que o outro. "Que visão mais bela", disse ela. "Quem será o dono deste rico estábulo?"

"Você não sabe? É o senhor barba horrenda", disse o rapaz.

"Ai de mim", suspirou. "Se eu tivesse me casado com ele", isto seria meu.

Seguiram adiante, atravessando a pequena cidade, e então passaram por um lindo comércio, muito grande e luxuoso, cheio de tapetes persas e finos objetos do mundo inteiro.

A moça ficou encantada, nunca havia visto tanta beleza e riqueza." Como eu queria conhecer o dono de tudo isso", disse ela ao marido.

Você conhece. Disse ele. É o senhor barba horrenda, se você tivesse se casado com ele, isto também seria seu. "Ai de mim", suspirou, "que desgraçada eu sou!"

Assim seguiam e todas as maravilhas que enchiam aos olhos da moça pertenciam ao senhor barba horrenda, que segundo ela, não servia nem para varrer a sua tenda.

E por falar em tenda... eles chegaram até ela, o local onde iriam morar.

"É aqui, chegamos", disse o cigano. "Eis a nossa casa". Era tudo muito simples e humilde, nem de longe lembrava a vida que ela tinha com o pai. "Entre", disse o marido.

"Está na hora de você preparar o jantar, o dia foi longo e eu estou faminto".

Olenca deu um suspiro profundo e foi preparar o jantar.

Enquanto se alimentavam o marido disse a ela: "termine o jantar e vá se deitar, amanhã vamos acordar bem cedo para trabalhar".

E o dia seguinte chegou.

"Bom dia", disse o marido. "Já preparou o café?"

"Ainda não", disse a jovem, "estou muito cansada, e o meu corpo dói".

"E vai doer mais ainda, se não formos trabalhar, pois daí você vai passar fome, se apresse mulher", disse ele.

5. O comércio cigano

O seu marido vendia panelas de barro no mercado local, era para lá que estavam indo. Mas a moça continuava suspirando.

"Ai, de mim que desgraçada eu sou".

A carroça parou na frente da praça, e por causa da beleza da moça e do violino do marido a venda do dia foi muito boa. Contudo nem isto alegrava o coração da jovem, o que ela queria mesmo era ter se casado com o senhor barba horrenda.

A noite tomaram chá com frutas e comeram pão, e o marido disse com muito amor no coração: "estou muito feliz pelo dia que tivemos logo tudo vai melhorar".

A jovem não sorria, não era esta a vida que ela queria. Foram se deitar.

No dia seguinte, o marido falou: "você mostrou ter muita habilidade para o comércio, então vou deixar-te escolher um local no mercado para o nosso trabalho". Ao chegarem, a moça escolheu um novo local para trabalhar, a porta do mercado deve ser um bom lugar, pensou ela, aqui todos vão me enxergar.

"De fato aqui é um bom lugar", falou o marido.

"Fique aqui e comece a vender, enquanto eu vou buscar água para beber. Não vou me demorar, logo volto para te ajudar".

"Está bem, podes ir tranquilo". Tudo ia bem, os clientes estavam chegando, e as vendas prosperando, até que ela viu um soldado, que do portão estava se aproximando, notou algo muito errado, o cavalo do soldado estava descontrolado, acertou em cheio o carroção que tombou e lá se foram todas as panelas para o chão.

A jovem se desesperou, nada havia sobrado, tudo estava quebrado. “E agora disse ela? O que vou dizer para o meu marido?”

6. A esperança da cigana

Quando ele voltou e viu a situação, ficou triste, porém não desesperado. E comentou: "Mulher, nem tudo está perdido, quando fui ao poço pegar água para beber, chegou aos meus ouvidos, que um rico comerciante está precisando de ajudante de cozinha. Vá até lá enquanto eu arrumo a nossa carroça. Assim você poderá nos trazer algum alimento".

E de fato, na casa do rico comerciante, havia uma vaga para ajudante. Ela foi falar com o chefe da cozinha.

"Bom dia! Qual é o seu nome, minha jovem?"

"É Olenca, meu senhor. Venho por causa do trabalho que estás a oferecer".

O chefe logo viu que a moça era uma cigana, e que não tirava os olhos da cesta de pão, ele entendeu a situação, e lhe deu o cesto de pão dizendo: "Volte amanhã bem cedo para cozinhar, se o vosso tempero me agradar, então poderás ficar".

No dia seguinte bem cedo, ela estava lá, e assim os dias se tornaram um pouco mais sossegados para ela e seu marido. Ao final de cada dia, ela podia levar um pouco de comida, e seguir a vida.

7. O dia dourado ao lado do seu amado

Até que um dia, o chefe da cozinha recebeu a encomenda de um grande banquete de casamento, vindo do seu patrão, o rico comerciante, ele iria se casar.

Olenca, assim como todos os funcionários estavam trabalhando duro para o banquete servir, sabiam que valeria a pena, porque ao final da festa poderiam pegar algumas guloseimas. A jovem estava muito curiosa para saber quem era o noivo e é claro a noiva também. Ela pediu ao chefe para que a deixasse levar uma bandeja de doces para o salão. E quando adentrou ao salão, o seu coração disparou e os doces caíram no chão sujando a toalha de renda! O noivo, era o tal barba horrenda.

Ele se dirigiu até a jovem, que estava completamente apavorada e perguntou: "Lembra-se de mim? Eu sou aquele homem, que você humilhou e desprezou, e apelidou de barba horrenda".

A jovem cigana começou a chorar. Por favor, meu senhor, me perdoe por ter magoado o seu coração, acredite, a vida me ensinou uma bela lição.

"Eu sei que sim". Dizendo isso revelou a verdade, a barba horrenda era apenas um disfarce, não era de verdade. E quando ele a retirou, a moça viu, o músico cigano com quem ela se casou. "É você, o barba horrenda?"

"Sim, era eu o tempo inteiro, o músico que tocava na praça com quem você se casou, e o soldado que a sua carroça derrubou. Eu fiz tudo isto para te provar que te amo de verdade e domar a sua vaidade. Ainda achas que o barba horrenda, não serve nem para varrer a sua tenda?"

"De jeito nenhum, meu senhor!" Olenca correu para os braços do marido, e as portas do casarão se abriram, o seu pai também estava lá, com toda a família, para festejar o renascimento da filha.

O marido pediu que a vestissem com os mais belos vestidos, e ao som dos violinos ciganos a festa começou.

CIGANA LUNA NEGRA *é pseudônimo de Vanesca Duarte. Descendente de ciganos, é poeta, professora de dança licenciada pelo Conselho Internacional de Dança (CID), da ONU) e taróloga.*

1. Uma fábula sobre onças e lobos

Era o começo do inverno no Pantanal. Aliás, "inverno" é forma de dizer, porque não era uma época particularmente fria, apenas seca. A Onça-Pintada, líder dos animais pantaneiros, conversava com seu povo sobre as novidades do dia quando avistou o seu maior conselheiro, o Tuiuiú, se aproximando pelos ares. A grandiosa ave fez então uma breve saudação e logo deu as notícias:

— Olá, grande Onça. Vi um grupo de animais desconhecidos se aproximando, vindos da direção onde o sol nasce. Perguntei quem eram e o que queriam, e disseram estar exaustos e precisados de abrigo após uma longa jornada.

— Não seria correto ou justo de nossa parte permitir que viajantes cansados ficassem sem pouso ou alimento. De que tipo eram?

— Lembravam Guarás, mas eram maiores e cinzentos. Todos iguais, da mesma espécie.

— Guarás são tímidos, os forasteiros não devem causar grandes problemas.

Liderados pela onça, os animais começaram a preparar a recepção aos visitantes. Quatis apanharam frutas das mais diversas e o Tuiuiú apanhou alguns peixes. Cutias colheram grãos e Capivaras, conhecedoras de todos os rios e lagos da região, se encarregaram de pegar água. Tudo estava pronto para quando os estranhos fizessem sua passagem. Alguns dias depois, chamada pelo Tuiuiú, a Onça-Pintada foi avisada que haviam chegado e que gostariam de conhecê-la.

— Saudações, ó rainha dos animais pantaneiros! Somos Lobos, viemos de longe em uma missão para melhor conhecer o mundo em nome de nosso Rei e do Grande Lobo que vive nos céus.

— *Grande Lobo que vive nos céus*? — a Onça-Pintada perguntou confusa enquanto olhava para cima. — Só vejo nuvens.

— Sim, o Grande Lobo! — respondeu aquele que parecia liderar a matilha, em tom um tanto desconcertado. — O criador dos Lobos e de tudo mais o que existe na terra, acima e abaixo dela. Aquele a quem amor e piedade não faltam! A quem vamos encontrar na Grande Floresta da Fartura quando nosso tempo se esgota! Podemos falar mais sobre ele nos dias em que ficarmos por aqui. É uma forma de agradecer por toda sua hospitalidade!

— Não deixaríamos viajantes famintos à própria sorte. Quanto tempo pretendem ficar?

— Apenas algumas semanas, o suficiente para que possamos nos preparar para nossa viagem de volta — respondeu o líder dos Lobos.

Algo naquela situação toda deixava a Onça incomodada, mas não sabia explicar exatamente o quê. De qualquer forma, seguiria com o que fora acordado e logo aquele grupo estranho iria embora. A matilha foi levada ao seu local de descanso, onde água e comida preparadas pelos animais pantaneiros abundavam. Apesar da intuição que tivera há pouco, nada naquele dia justificou as preocupações da Onça.

Passou-se algum tempo até que as coisas começassem a ficar estranhas. Ao fazer seu passeio de rotina para saber como estava o seu povo, a Onça deu falta das Cutias. Perguntou ao Tuiuiú, às Capivaras, aos Quatis, aos Suaçuetês, às Araras. Perguntou até mesmo aos Jacarés e Sucuris. Mas ninguém sabia dizer onde as Cutias estavam. Já cansada, deitou-se na margem do rio para se refrescar quando viu um pequeno Uiracuité pegando barro com o bico para construir sua casinha.

— Vi, sim, as Cutias ontem já à tardinha. Levavam alguns grãos no acampamento dos tais Lobos.

Vejam bem, a Onça não é um animal dado a julgamentos precipitados, mas foi muito difícil não se lembrar da desconfiança que sentiu ao conhecer os estranhos animais. Antes de tomar qualquer postura, o melhor seria perguntar a eles se sabiam algo sobre o paradeiro das roedorazinhas, e assim foi feito.

— Oh, sentimos muito! — respondeu o líder dos Lobos em tom aflito. — Não as vimos, pobres criaturinhas. Muito preocupadas com a qualidade dos grãos que colheram para nós — o lobo abaixou a cabeça por alguns segundos. — Vamos orar ao Grande Lobo que vive nos céus! É uma criatura poderosa, que tudo pode e tudo conquista. Com certeza vai fazer com que as Cutias voltem para casa em segurança.

Mas elas não voltaram.

Alguns dias depois, novamente em um passeio pelas terras de seu povo, a Onça-Pintada percebeu algo bastante estranho: as Capivaras, contrariando todo o seu comportamento natural, usavam seus poderosos dentes para derrubar as árvores da mata. Uma grande clareira já havia sido formada quando a Onça percebeu o que estava acontecendo, com plantas, que já eram muito velhas na juventude dos avós da felina, atiradas no chão sem qualquer motivo ou justificativa.

— Por que estão cortando as árvores? — perguntou a felina consternada.

— Os Lobos. Disseram que como não cremos no Grande Lobo que vive nos céus, somos impuras e precisamos limpar uma grande área para um ritual de purificação, ou um tal Grande Leão da noite vai devorar nossos filhotes!

— *Grande Leão da Noite*? O que é um *Leão*? — a história fazia cada vez menos sentido para a Onça.

— Falaram que é um grande felino, como você. — respondeu a Capivara, assustada. — Mas maior e mais ameaçador.

— Mas isso é absurdo, precisamos das árvores! Elas nos dão sombra no calor e nos protegem das chuvas. Além de fornecer comida a diversos outros animais! Por que acham que um tal Leão devoraria mesmo seus filhotes? — a confusão da Onça tinha dado lugar à irritação.

— Porque alguns de nossos filhotes já foram devorados — respondeu a Capivara, deixando escapar um choro baixinho. — Desapareceram como as Cutias.

E então, diante das lágrimas de quem acabou de perder as crias, a Onça não conseguiu mais discutir. Não com as Capivaras. Foi até o acampamento dos Lobos, que a receberam na entrada, mas não permitiram que entrasse.

— Por que as Capivaras estão derrubando as árvores? — a Onça perguntou irritada ao líder dos Lobos.

— Oh, elas não disseram? Sentimos muito — respondeu o líder dos Lobos calmamente. — Precisamos de espaço para construir um templo para o Grande Lobo que vive nos céus. Há muita mácula nesta terra, queremos purificá-la.

— Vocês estão aqui como visitantes, não podem derrubar árvores ou assustar os moradores! — o líder dos Lobos fez menção de responder algo, mas a Onça enraivecida nem deu a ele a oportunidade de falar — acredito que já chegou a hora dos senhores partirem.

O Lobo concordou com um aceno de cabeça, visivelmente desgostoso. A Onça ordenou então às Capivaras que deixassem de derrubar árvores e prometeu uma atenção redobrada na busca por seus filhotes. Naquela noite, a felina dormiu infeliz.

Durante a madrugada, a Onça-Pintada acordou com a luz de chamas e gritos desesperados. Ao sair de sua toca, viu a mata pantaneira transformada em um infinito de fogo vermelho, e a poucos metros de si, a fonte dos gritos: seu amigo e conselheiro Tuiuiú sendo vorazmente devorado pelos Lobos.

Antes que pudesse ter qualquer reação, eles já a haviam percebido. Pensou em se esconder, mas o calor e as chamas confundiam seus sentidos. Tentou fugir, mas eles foram mais rápidos. Se virou para lutar, mas eles eram muito numerosos. Com suas quatro patas feridas pelos caninos ferozes dos lupinos e a mandíbula de um deles presa em sua jugular, teve sua última conversa.

— O Grande Lobo que vive nos céus, criador de tudo o que há sobre a terra, assim como acima e abaixo dela, nos ordenou que expulsássemos vocês, seres maculados de nossas terras — disse o líder dos Lobos com um sorriso cruel.

— Mas meu povo sempre viveu aqui! Desde que o tempo é tempo e o mundo é mundo. — respondeu a Onça com a pouca vida que lhe restava.

— Se tudo ele criou, tudo a ele pertence. Se o mundo criado por ele a nós se destina, essa terra na verdade é nossa.

E então, assim como as chamas consumiam a mata, os Lobos consumiram a Onça.

MORAL DA HISTÓRIA: Com mais frequência do que gostamos de admitir, as mais belas histórias são contadas para justificar a mais horríveis maldades.

VINICIUS MENDES *é escritor, tradutor e editor na Jambô Editora. Apesar dos pés fixos na realidade, sempre manteve os olhos no fantástico, publicando contos de fantasia e ficção científica em publicações como CromosSomos, Curtos & Fantásticos volumes 1 e 2 e Crônicas da Tormenta Volume 3, também atuando como organizador nos três últimos.*

YRAMA DE BARROS

1. Balão na Capadócia, sonho realizado

Cedo, muito cedo, madrugada ainda.... A noite vai durar um bom tempo. Acordei e solenemente me vesti para um grande dia.

O dia de realizar um antigo sonho...

Na recepção do hotel, recebi o café da manhã preparado cuidadosamente com frutas, leite e um belo sanduíche, dentro de uma caixinha.

Entrei no ônibus, junto com minha amiga Tania Garib, curtindo pessoas dos mais diversos pontos do mundo, o que já era uma outra viagem, e partimos rumo ao local onde embarcaríamos nos balões.

No caminho, na escuridão da estrada cheia de curvas, o peito apertando num misto de medo, alegria e ansiedade que vinha crescendo dentro de cada um de nós.

Pronto! Chegamos no lugar de nos encontrar com Deus, como o denominei.

Desci do ônibus e meus olhos procuravam os balões, e imediatamente vi chamas de fogo por todos os lados. Eram os turcos enchendo os balões com ar quente. Nesse local, na madrugada, íamos subir aos céus ainda no raiar do dia.

Dezenas e dezenas de balões estavam sendo preparados para subir ao céu. Eu estava desconfiada e até um pouco assustada com a grandiosidade e beleza das labaredas que estufavam os balões, enormes balões!

Com os olhos bem arregalados para não perder nada, escolhemos um balão bem colorido e entramos em sua cesta.

Uma madrugada fria... Vagarosamente começamos a subir...

Meu Deus, que sensação foi aquela, estava começando a raiar o dia, o sol saindo e nós subindo...subindo...subindo... de maneira suave pois a legislação da Turquia/Capadócia, autoriza essa atividade somente se o vento estiver inferior a 5km/h.

Lá no alto, perto de Deus, é um silêncio ensurdecedor... senti uma paz inexplicável que invadiu minha alma.

Eram muitos balões que subiram ao mesmo tempo, e aonde a vista alcançava, imagens estonteantes!

Durante quase uma hora estivemos na dança dos balões, que subiam, subiam e aos poucos desciam vagarosamente, passando por meio de vales e montanhas que mais pareciam um lugar fora da terra. A experiência mágica e romântica, complementava-se com a geologia única e espetacular daquele lugar.

Muitos choram, outros riem e quase todos rezam... É tanta beleza! Tanta beleza que não dá para descrever, mas uma coisa eu sei: estar perto de Deus com aquele silêncio ensurdecedor é uma das coisas grandiosas que já fiz na vida.

Quando o balão desceu milimetricamente em cima de um tablado com rodas puxado por caminhonetes, desci da cesta com a grata sensação de ter realizado um dos sonhos da minha vida: andar de balão na Capadócia!

Grata, meu Deus, muito grata!

E para dar um laço de tafetá no sonho, lá no meio de um campo aberto, nos esperavam mesas postas com taças para brindarmos a inesquecível experiência!

2. Caminhando no caminho d'ele

Dia de grande expectativa!

Chegamos em Israel e saímos bem cedo do hotel para aproveitar ao máximo a oportunidade de estar ali.

Aventuramo-nos a pé, meio sem rumo, pois não encontramos mapa da cidade na recepção. Os passos lentos escondiam o bater acelerado dos nossos corações e os olhos registravam a beleza de cada lugar, as lojas, as pessoas andando nas ruas no seu vai e vem, suas vestimentas e seus semblantes...

Entre tanta novidade o que mais me chamou a atenção foi a presença daqueles homens vestidos de preto com chapéu da mesma cor cobrindo cabelos curtos e curiosas costeletas que desciam em cachos de cabelo encaracolado. Eram homens da seita Lev Tahor...

Tudo chamava a nossa atenção e sem pudor perguntávamos aos transeuntes onde estávamos, o que era isso ou aquilo e aos poucos fomos sentindo-nos parte daquele cenário não mais tão desconhecido.

O nosso objetivo era explorar a cidade e chegar aonde Ele andou... Caminhando sem parar e sem pressa, chegamos ao pórtico da entrada do lugar sagrado para todo cristão.

Minha amiga Tania me olhou e, com olhos brilhantes e a voz embargada, disse: "chegamos".

Emocionadas, pernas trêmulas, coração acelerado, entramos muralha adentro e não me cansava de admirar as pessoas, mulheres vestindo burcas coloridas, outras com burcas pretas com apenas os olhos aparecendo. E que olhos!! Jamais esquecerei aquelas jabuticabas envoltas em maquiagem cuidadosa que, para nós, ocidentais, eram apropriadas para uma grande festa. Puro encantamento.,

Andamos por ruelas estreitas e cheias de curvas, mais parecia um labirinto...e fomos entrando...andando... andando, e quando a sede apertava nos refrescávamos com um delicioso suco de romã.

E foi assim que, quando menos esperávamos, estávamos no caminho que Ele andou, pisando no mesmo solo que Ele pisou, carregando a nossa cruz... Eu me senti pequena, ínfima, diante da grandiosidade da velha Jerusalém, e também diante da fé daquelas pessoas que rezavam e carregavam cruz como Ele carregou...

Quanta emoção! Com os olhos rasos d'água e um nó indescritível na garganta, seguimos andando no caminho que Ele andou, carregando a Sua cruz para salvar a humanidade.

YRAMA BARBOSA DE BARROS *é pecuarista, assistente social aposentada e integra a Academia Feminina de Letras e Artes de Mato Grosso do Sul. Tem o gosto de viajar e escreve sobre as impressões obtidas nas viagens que faz.*

Composto pela Officio, em FreightText Pro, para a Almedina Brasil.
Sul da Ilha de Santa Catarina, dezembro de 2022.